FILHA

MANOELA SAWITZKI

Filha

Copyright © 2025 by Manoela Sawitzki

Grafia atualizada segundo o Acordo Ortográfico da Língua Portuguesa de 1990, que entrou em vigor no Brasil em 2009.

Capa
Omar Salomão

Imagem de capa
Sem título, de Vânia Mignone, 2018. Acrílica e colagem sobre papel, 26 × 30,5 cm.

Fotos de miolo
p. 6: Manoela Sawitzki
pp. 76 e 120: Acervo pessoal

Preparação
Márcia Copola

Revisão
Marina Nogueira
Aminah Haman

Os personagens e as situações desta obra são reais apenas no universo da ficção; não se referem a pessoas e fatos concretos, e não emitem opinião sobre eles.

Dados Internacionais de Catalogação na Publicação (CIP)
(Câmara Brasileira do Livro, SP, Brasil)

Sawitzki, Manoela
　Filha / Manoela Sawitzki. — 1ª ed. — São Paulo : Companhia das Letras, 2025.

　ISBN 978-85-359-4011-4

　1. Ficção brasileira I. Título.

24-245580　　　　　　　　　　　　　　　　CDD-B869.3

Índice para catálogo sistemático:
1. Ficção : Literatura brasileira　B869.3

Eliete Marques da Silva – Bibliotecária – CRB-8/9380

Todos os direitos desta edição reservados à
EDITORA SCHWARCZ S.A.
Rua Bandeira Paulista, 702, cj. 32
04532-002 — São Paulo — SP
Telefone: (11) 3707-3500
www.companhiadasletras.com.br
www.blogdacompanhia.com.br
facebook.com/companhiadasletras
instagram.com/companhiadasletras
x.com/cialetras

Olho em volta para minha família, para esses rostos que rodearam toda a minha infância, e me parecem cansados e envelhecidos, como se os anos que passei crescendo os tivessem exaurido completamente.

Tove Ditlevsen

Aquela proximidade entre vida e morte, amor e ódio, certo e errado me dizia algo que eu não queria ouvir a respeito dos homens, das vidas humanas.

James Baldwin

A morte do Pai privará a literatura de muitos de seus prazeres. Se não há mais Pai, de que serve contar histórias?

Roland Barthes

PARTE I
A construção

1.

Eu devia ter uns sete ou oito anos quando comecei a querer desesperadamente duas coisas: me mudar e que ele mudasse. O primeiro desejo envolvia alguns movimentos coordenados e a longo prazo: uma espera de pelo menos uma década — sentença que seria reduzida à medida que avançasse em direção ao último ano da escola —, e então a escolha de um curso universitário na capital, bem longe dali. No caso dele, era mais complicado. O pai teria que se tornar outra pessoa.

Se me perguntasse, desde os sete ou oito eu também saberia detalhar esse outro que ele deveria ser e que correspondia a uma compilação dos melhores momentos de todos os pais que eu tinha registrado até então. Não eram tantos assim, meu repertório limitado não me permitia ir muito longe, mas, diferentes do meu pai, suas demonstrações de afeto não eram resultado de eventos necessariamente alcoólicos. Desde sempre, os raros beijos, afagos, colos e risadas do pai cheiravam a álcool, assim como as suas frequentes explosões. O fato de que o conforto e o medo viessem da mesma fonte nunca chegou a ser discutido, nem sequer comentado entre nós. O pai nunca me perguntou.

Durante muito tempo, foi cedo demais pra mim e tarde demais pra ele. Até que a mudança começou. Eu tinha dezessete e meio e estava sentada no parapeito da janela do quarto onde havia acabado de me instalar, só com algumas poucas peças de roupa de má qualidade acomodadas num armário de duas portas com cheiro de mofo, a uns quatrocentos e cinquenta quilômetros da casa onde ele continuava a morar. Ele caía sobre o piso de pedra que ligava as duas casas da família, o Corredor das Samambaias, uma das mãos segurando o peito, o corpo inteiro tremendo enquanto tentava pingar um descongestionante nasal e gritar por socorro, sem conseguir reunir o fôlego necessário. Então um som, que disseram não corresponder à voz dele, saiu. "Não consigo respirar." Um grunhido forte o bastante pra que um neto o ouvisse e uma filha aparecesse numa das portas. Não eu. Eu olhava pra outro mundo por aquele buraco no terceiro andar de um pensionato de freiras. No meu caminho até esse lugar, já tinha perdido a conta das vezes em que pensei que só seria realmente livre se o pai desaparecesse. Acontecesse o que acontecesse, o mundo que eu via daquele buraco seria bom, porque ele não estava no meu campo de visão.

2.

Com nove anos perco o direito de andar pela casa só de calcinha porque dois caroços brotaram no meu peito do dia pra noite e com eles uma vergonha que eu até então desconhecia e agora tem que ser encoberta. As roupas pinicam, limitam meus movimentos e impõem o gosto da mãe sobre mim em todos os espaços.

Além de pedalar perigosamente uma Mini Monark bordô por ruas afastadas e invadir construções e terrenos baldios em busca de aventuras proibidas, escrevo poemas em que deposito palavras difíceis coletadas numa edição de capa dura com discursos do Rui Barbosa que não sei como foi parar na pequena estante da casa, num minidicionário Aurélio e nas bulas dos remédios que a mãe acumula. Uma delas é "elegia", que eu pronuncio *elégia* numa apresentação do Dia da Bandeira no pátio da escola; outras são "caudaloso", "quimera" e "distúrbios". Sendo uma aluna mediana, de aprendizagem lenta, palavras assim servem como um passaporte mágico pro reino dos prodígios.

* * *

Nessa mesma idade, aperto a campainha da casa de H., que mora do outro lado da rua, e pelas frestas do portão alto vejo que ela e a irmã mais nova me espiam entre as cortinas. Grito seu nome e ela desaparece por cerca de um minuto e ressurge na porta com uma expressão constrangida. "Minha mãe não deixa mais a gente brincar contigo", ela diz. Eu esfrego os olhos, tentando reajustar a cena. Pergunto por quê, e H. se aproxima, com a irmãzinha logo atrás, seguindo seus passos com mais cautela, como se eu fosse um animal perigoso. É uma pergunta simples e objetiva, mas logo fica evidente que ela não tem uma resposta, a proibição não precisa ou não pode ser justificada, e nada que eu diga servirá como recurso, pelo menos não por enquanto. Fico parada com os olhos fixos, colada à grade, um carrapato, uma mancha. Tive algum comportamento inadequado? Desajeitada, quebrei um objeto importante? Fui pega numa mentira? Ou simplesmente foram os gritos na minha casa na noite anterior? Depois de olhar pras duas por instantes à espera de um milagre, atravesso a rua de volta, me sento no alto da pequena escada que leva ao nosso pátio e me preparo pra chorar. Choro baixo pra não chamar a atenção de ninguém. Se souber sobre a proibição, a mãe dará razão à vizinha. A bela casa de H., exatamente em frente à nossa, um refúgio que eu podia acessar quando as gurias não estavam na escola, no balé ou nas aulas de piano e de inglês, agora parece distante. Eu tinha sido capaz de encurtar essa distância por algum tempo, desfrutando de doses diárias de normalidade num ambiente que era superior ao meu em tudo. Da cor das paredes (brancas com tijolos à vista) às louças, às roupas, ao jardim, ao tom de voz que as pessoas dali usavam. De certa forma, as coisas voltaram pro seu lugar. O pé de chorão está imóvel logo atrás, bem junto à fachada verde-clara da nossa casa alugada. Inconsolável, investigo a minha culpa enquanto olho, em meio à grama que precisa ser aparada, um grande pedaço de osso de boi semienterrado, deixado pelo cachorro.

À noite, antes de dormir, abro minhas negociações com Deus. Dou-lhe basicamente duas opções: a felicidade ou a morte. Uma morte limpa, indolor, dormindo. Penso na morte como uma forma de martírio que vai ensinar uma lição a todos que me fazem sofrer. Quando acordo pela manhã, belisco minha mão pra obter uma prova de vida — porque acredito em espíritos — e, diante dela, espero pacientemente pela felicidade. Procuro pelos cantos, nas brincadeiras, no punhado de balas que meu dinheiro pode comprar, num elogio da professora, mas, sem poder brincar com H., tenho tempo de sobra pra refletir e me mortificar, e minhas mãos voltam a ficar vazias.

No fim de semana seguinte, levo minha Mini Monark pra rua, que é fechada aos domingos. Vejo a mãe das gurias conversando com outras duas vizinhas. A minha mãe está dentro de casa, não participa dessas vigílias de socialização. O pai tampouco. A irmãzinha de H. está junto delas e parece infeliz. Me aproximo pra cumprimentá-las, me esforçando pra parecer boazinha. Pergunto pra L. onde está a sua bicicleta. Ela responde, timidamente, procurando no olhar da mãe a permissão pra falar comigo, que seu pneu está furado. Não penso duas vezes, desço da minha e a ofereço pra ela. Faço isso consciente de que estou bem diante da mulher que me olha agora admirada. "Pega, filha, pode dar uma voltinha, ela tá sendo legal contigo." A mulher sorri pra mim enquanto vejo a menina montar na Mini Monark e sair pela rua. Vou até o muro de casa, me sento e espero pela minha redenção.

Em casas sempre repletas de tralhas e lenhas empilhadas, e já que passo o tempo todo pensando que qualquer coisa, a qualquer momento, pode me matar — o pai fazer seu papel com mão firme não me garante nenhuma sensação geral de segurança, pelo contrário, tenho medo dele e de tudo —, vivo atormentada pela presença de insetos peçonhentos. O fato de um irmão ter decidido fazer conserva de caranguejeiras e ter posto uma delas na minha cama não ajuda em nada o quadro fóbico que começa a se delinear ali.

Aos dez anos, graças a uma coleção de enciclopédias escolares científicas que estudei seletivamente mas com afinco, sei identificar pelo menos oito tipos de aranha e o risco que representam pra mim; estou mais que ciente das consequências de ser picada por um barbeiro (*Triatoma infestans*) e pela mosca-tsé-tsé — a ciência de que esta última só existe no continente africano não me impede de temê-la e permanecer vigilante; e algum erro de interpretação me faz acreditar que a mordida de um louva-deus pode ser tão mortífera quanto a de uma aranha-armadeira (*Phoneutria*). Vai demorar um tempo até que eu possa entender que o temor descabido dos louva-deus contém uma lição importante sobre as consequências da má interpretação.

Mas, em vez de bióloga — preciso conhecer os animais peçonhentos apenas pra me manter longe deles —, pretendo ser arqueóloga, detetive ou escritora quando crescer o bastante pra ser alguma coisa, ainda inconsciente do fato de que essas são variações de duas mesmas atividades: cavar e fabular.

Tento me lançar cedo na profissão de detetive. Em algum momento, o pai surgiu anunciando que tinha comprado uma pequena casa num terreno grande onde há também um galpãozinho de uns dois metros quadrados. Essa casa, que a mãe decretou que não era boa o bastante pra nós, fica bem perto do colégio onde estudo, e me parece uma ótima ideia convencer três colegas a me ajudarem a limpar o galpão imundo. Sobretudo pra lidar com os insetos perigosos que devem se esconder ali, e instalar no lugar desinfestado a sede de um clube de detetives e da nossa companhia de teatro. O negócio do clube era novo e eu era a única entusiasta da ideia, mas já tínhamos apresentado uma peça no evento do final do ano letivo anterior com muito sucesso — o suficiente pra que eu nos considerasse profissionais.

A limpeza leva uma tarde inteira. O galpão fica mais ou menos impecável, mas nem o clube nem a companhia vão pra frente.

Antes de nos desinteressarmos pelo projeto, encenamos outra peça, que também escrevi, dirigi e na qual atuei com fúria ditatorial, e nem o pai nem a mãe assistiram. Dele também fazia parte um guri gordo e rico, filho de um juiz maçom que dizemos, por isso, ter feito um pacto com o diabo — estamos sempre buscando, e encontrando, evidências que comprovam o tal pacto. F. usa aparelho, tem os dentes cobertos por uma grossa camada de tártaro e me proporciona momentos de terror na hora do recreio quando corre em minha direção e pede mordidas do pão com molho que eu como religiosamente.

Mesmo sem o clube, gosto de seguir pessoas na rua quando tenho tempo livre. Às vezes faço isso por apenas dois ou três quarteirões, até que entrem num ônibus ou numa porta qualquer, mas é o suficiente pra que eu chegue à conclusão de que, por trás de sequências de atividades banais, todos são muito suspeitos. Tomo notas que nunca volto a ler e vou perder antes que o ano acabe.

Também costumo invadir os quartos dos meus irmãos quando eles não estão em casa. Portas fechadas à chave raramente me detêm, porque eles quase sempre deixam uma janela destrancada. Uma vez dentro, sem supervisão, abro gavetas e armários, leio cartas, diários e agendas. Coleto segredos e os guardo comigo, porque sei da sua origem ilícita e porque aquilo que consigo levantar sobre eles parece mais valioso assim. É como conheço melhor os meus irmãos.

* * *

    Cada irmão parece ter um mundo próprio pro qual não sou convidada, e preciso insistir se quiser furar as resistências. O sexto irmão tinha quatro anos quando nasci, e tudo leva a crer que todos os seis, se tivessem escolha, teriam parado por ali mesmo. Quando nossos pais saíam pro trabalho, os mais velhos tinham que cuidar dos mais novos — ninguém aguentava mais crianças pequenas em casa.
    O pai poderia ter sido um cirurgião, um engenheiro, um político amado pelo povo — é o que consta de tempos em tempos nos monólogos que se seguem a uns copos de cachaça ou de vinho, embora não tenha passado do ginásio e já tenha decretado a falência de pelo menos dois empreendimentos. A culpa é sempre de outra pessoa. O pai, no entanto, não se abate, se orgulha de ter feito cirurgias em porcos, o parto de vacas e ovelhas, projetado e erguido casas e uma fazenda-modelo inteira do nada, numa vereda de Mato Grosso, perto do rio Araguaia. É agora um lojista muito respeitado, apesar da Economia que está sempre jogando contra; recebe visitas de prefeitos e tem grande influência nos Centros de Tradições Gaúchas da cidade. Esvaziando e enchendo copos, também costuma requentar as histórias de quando venceu um concurso regional de redação aos doze anos e de quando foi perseguido pelos milicos na ditadura, "como o Brizola". Nem os olhares ausentes nem os murmúrios que tentam dizer *O senhor já contou iss...* o impedem de continuar até o fim. Teria inventado curas, salvado vidas, construído e governado cidades, mas oito bocas insaciáveis sequestraram a sua grandeza.
    A mãe, de certa forma, se encarrega de fazer o contraponto, ou acredita que o faz. A vantagem dela é gostar mais de rir. Gargalha com facilidade, faz o tipo que se mistura numa festa e puxa conversa com desconhecidos na fila do banco, e, com a mesma

desenvoltura, pode ser uma usina de conflitos e um detector de conspirações, atenta à inveja alheia, ao mau-olhado, capaz de farejar presenças antagônicas em qualquer espaço.

Tirando minha irmã mais velha e, mais tarde, o irmão mais próximo de mim em idade, minha família costuma se equilibrar na linha tênue da vida cotidiana. A Loja do pai, onde a mãe também passa a trabalhar, deixando o cargo de secretária no Hospital Militar, é o assunto dominante. Em geral, o tema da Loja se confunde com o do dinheiro ou com o problema de ter que gastá-lo. Depois da Loja, vêm os funcionários da Loja, seguidos dos parentes — pessoas que raras vezes tomam decisões acertadas ou se mostram dignas de elogios sinceros. Quando estamos todos juntos, quase não há assuntos além desses, e a televisão está sempre ligada se encarregando dos hiatos. Ninguém sabe exatamente o que o outro pensa ou como se sente. Sentimentos são reprimidos e palavras afetuosas estão fora do roteiro. Também não há espaço pra conversas filosóficas ou exercícios inúteis de imaginação — o que eu faço mais que qualquer outra coisa. É uma questão de estratégia: uns ficam mais ou menos imóveis, lidando com o que os afeta diretamente, enquanto outros procuram escapar. Faço parte do segundo grupo.

Minha irmã mais velha também faz, porque é artista graduada. Foi morar em outra cidade pra estudar belas-artes, o que lhe conferiu uma aura de fada que se materializava de tempos em tempos com uma presença imprevisível e objetos fantásticos, como grandes canetas retorcidas, livros — não há livrarias em S., a cidade onde nasci —, uma máquina fotográfica e sessões de expressão corporal e banho de mangueira ao som de Keith Jarrett ou *Bolero* de Ravel, um balé frenético com os corpos seminus e encharcados dos dois caçulas.

Quando ela volta a S. e começa a dar aulas de artes numa escola pública, costumo vestir suas roupas e imitá-la em pequenas cenas exageradas que a fazem chorar de rir. Ela saindo feliz e bem-composta de casa e voltando aos farrapos depois de enfrentar uma turma. Ela tentando esconder um namorado de outro. Ela saindo de casa com a Kombi da Loja cheia de amigos bêbados e voltando de manhã saltitante sob os gritos de reprovação da mãe.

Minha irmã é pequena, macia, tem longos cabelos escuros que escova com dedicação, parece ser e se diz sempre mais jovem do que de fato é (diz que é mais nova que a outra irmã), e exerce um poder estranho sobre os rapazes que a coloca, no mínimo, em pé de igualdade com eles, quando não os subjuga por completo. São amigos dos irmãos, muito mais novos ou um pouco mais velhos, feios e bonitos, meio estúpidos e metidos a intelectuais, comuns e esquisitos. São às vezes dois ao mesmo tempo, em cidades diferentes, porque eles são colecionados como souvenirs das viagens que ela faz e de onde volta com fotografias pros álbuns que eu percorro como livros de aventura. Ela é, enfim, uma distorção num mundo masculino que jamais passa ilesa pela mãe.

Por volta dos doze anos, passo a imitar o jeito como ela se veste — botas de cano alto, saias longas e rodadas, coletes masculinos e chapéus de feltro —, e assim, como uma versão em escala menor, a sigo nos raros eventos culturais da cidade. O passo seguinte e inevitável é pegar às escondidas as roupas que ela não concorda em me emprestar e depois negar tudo. Existe, enfim, essa outra possibilidade num mundo de escassas variações: ser como ela. Só que isso depende de uma dose cavalar de segurança. Posso copiar suas roupas, mas não disponho do resto.

A outra irmã, tão próxima da mais velha em idade, também tem os cabelos longos e escuros, mas é diferente — mais misteriosa, grave e contida. Em casa, quase sempre reservada, como se tivesse encontrado um lugar dentro de si mesma onde se mantém em segurança e trancado a porta; longe dali, é uma guria *normal*, falante com as amigas e frequentadora assídua da única boate de S. Em algum momento ficou conhecida pelo apelido de Bico Doce, por ser boa de beijo. Em algum momento passou a fazer uma lista e a dar notas, sob critérios rigorosos, àqueles que beijava. As avaliações são suas pequenas vinganças. Algum tempo depois, ela foi estudar fora pra não voltar mais e deixou a fama de Bico Doce pra trás. É ela quem me dá de presente aquele que será por muito tempo meu bem mais precioso: uma fotografia de Axl Rose que dorme ao lado do meu travesseiro.

Enquanto as duas irmãs são bem jovens, a mãe encarrega o pai de puni-las quando são flagradas com companhias masculinas. "Olha lá o que a *sua* filha está fazendo na rua." Uma delas recebe um tapa na cara na frente de um colega da faculdade; um cara é expulso da nossa sala aos pontapés.

Elas foram as primeiras filhas — eu, a última —, e nos anos que nos separam viram o que eu começo a ver, aprenderam o que eu tenho que aprender, e a minha inocência e vulnerabilidade excessiva devem lhes soar lamentáveis, coisas que me farão sofrer sempre mais.

3.

Com doze anos, decido ser freira. O projeto começa com a visita da irmã L., uma prima de segundo grau da minha mãe que acabo de conhecer. Ela faz parte de uma congregação meio liberal que permite que as irmãs usem calças jeans quando estão fora do convento. Assim que é acomodada na Sala de Visitas, esse lugar da casa onde ficam as melhores coisas, feitas pra não usarmos, a prima me oferece um bombom Amor Carioca, que aceito com minha melhor cara de anjo e não como na frente dela porque desconfio que estejam tentando me envenenar.

A Fase do Envenenamento me obriga a convencer outra pessoa a comer o que eu quero antes de mim. Aparentemente, fazer um adulto comer é uma tarefa complicada. Nunca fui tão magra. Ocorre um pouco antes da Fase da Saliva Contaminada, quando estarei salva desde que cuspa um certo número de vezes a saliva que se acumula na boca — não faço ideia de como sou capaz de fundamentar isso. Quem recusar minha oferta durante a Fase do Envenenamento engrossa a lista de suspeitos que mantenho sobre o armário do meu quarto, numa caixa de sapatos encapada com o mesmo papel de presente verde que envolve os meus cadernos do ano. A mãe e o pai estão na lista. Ali também guardo minhas economias e um livro-caixa.

Nesta época, neste pedaço do mundo, ninguém jamais tomou conhecimento de palavras como "anorexia" ou "bulimia", nem de expressões intuitivas e generalizantes como "distúrbio alimentar". Se querem falar sobre o que acontece comigo, dizem apenas: "é fresca pra comida", "é magra como um palito".

Tinha aproximadamente dez anos quando comecei a excluir itens do cardápio porque sentia nojo do gosto, da textura ou da ideia da coisa descendo pela minha garganta. Pouco a pouco mais itens foram sendo rejeitados, sem que nenhum adulto tivesse tempo e disposição de interferir, a não ser por algumas ameaças que raramente chegavam às vias de fato. Aos poucos, foi estabelecido um cardápio que me proporcionava alguma paz: pão cacetinho com geleia de uva e um copo de leite sem nata com Nescau no café da manhã; pão com molho ou rissoles de frango com refrigerante na cantina do colégio; arroz branco com caldo de feijão ou macarrão à bolonhesa no almoço; pão cacetinho com maionese e patê de frango e um copo de refrigerante no jantar.

A hora do almoço seria a única a contar com testemunhas e apelos frouxos pra que eu comesse um pouco de alface com tomate ou quem sabe um pedacinho de carne. Meus olhos se enchiam de lágrimas. Era melhor me fazer engolir uma colherada de Biotônico Fontoura duas vezes por dia e deixar que aquela combinação de açúcar e carboidrato com gordura hidrogenada botasse alguma substância no meu corpo mirrado.

O meu livro-caixa é basicamente uma folha dupla pautada que peguei do Escritório do pai, onde anoto *entradas* e *saídas* dos cruzeiros que descolo 1. tirando as velhas botas que ficam entaladas nos pés inchados dele no fim do dia; 2. desviando parte do troco dos maços de Plaza que ele me manda comprar em algum armazém; 3. roubando moedas ou notas pequenas da registradora da Loja do pai quando ele exige que eu permaneça no caixa fazendo pacotes de presente e repetindo "muito obrigada e sempre às ordens" pra todos que passam pelo outro lado do balcão; e 4. pegando uma ou duas notas de pouco valor da carteira que ele deixa sobre um móvel do corredor enquanto ronca alto por exatos vinte minutos depois do almoço, antes de voltar pro Escritório.

O Escritório é uma sala esfumaçada de planta indefinida — definitivamente não um quadrado, nem um retângulo simples —, sem janelas, repleta de prateleiras, caixas e papelada, a mesa dele, uma mesa auxiliar pra quem estiver sob suas ordens, um cofre, o telefone e um banheiro minúsculo e mal iluminado, abarrotado de caixas. Fica nos fundos de um prédio comprido de dois andares onde o pai exerce a atividade de comerciante dos ramos de vestuário, tecidos, montaria e indumentária típica. Uma loja pra toda a família gaúcha.

Há uma porta de ferro e vidro fosco que torna concreto o limite entre essa espécie de Sala do Estado-Maior e o resto da Loja. Se estiver fechada, alguma transação importante acontece lá dentro, e a única opção sensata é voltar mais tarde. Se estiver aberta, é possível ir adiante e esperar atrás de um balcão que se abre pra cima, como em certos bares, ou passar por baixo dele e esperar ao lado da mesa do pai.

À custa de castigos dolorosos, eu já conheço a lei: sob nenhuma hipótese posso falar qualquer coisa ali antes que seja claramente autorizada. Então permaneço estoicamente em pé e em silêncio até que o pai solte um dos seus longos assovios reflexivos, me pergunte um pouco impaciente e relutante o que eu quero e dê uma profunda tragada no cigarro que queima sobre um cinzeiro de madeira transbordante antes de responder. Em geral eu quero dinheiro — pra comprar um globo terrestre ou um livro escolar ou pagar a mensalidade atrasada da escola porque não querem liberar minhas notas do bimestre.

Meses atrás, depois que entrei no Escritório e lhe pedi um emprego, também passei a ter uma renda oficial. A rigidez costumeira do seu rosto se alterou numa fração de segundo. O vinco pronunciado entre as sobrancelhas cedeu, seus olhos ficaram vivos, alegres e ele riu soltando fumaça pelo nariz e pela boca. Nunca tinha parecido tão satisfeito comigo.

Depois da escola e durante as férias, fui encarregada de organizar por ordem alfabética os grandes caixotes de madeira maciça que ficavam no chão do Escritório e que continham as fichas dos clientes que compravam no crediário, e de rotular, usando uma régua de letras, as caixas de camisa que guardavam documentos importantes ou folhas de papel-carbono. Levei a tarefa a sério, como se o funcionamento da Loja dependesse da minha capacidade de tornar facilmente localizáveis todos aqueles documentos.

As pequenas quantias que recebo por isso não ficam nas minhas mãos, mas numa caderneta de poupança que ele abre pra mim no Banco Meridional. Imagino que, até atingir a maioridade, estarei perto de estar rica. Quando chegar a hora, vou descobrir que a conta está vazia.

Trabalhar na Loja como secretária do pai é a forma mais segura de agradá-lo. Me chamar de Secretária passa a ser sua maior expressão de aceitação. Outro modo de conseguir lhe arrancar um pouco de entusiasmo é escrevendo cartas pro presidente da República e pro prefeito de S. Mas não é por isso que escrevo pra eles, e sim porque estou determinada a salvar a floresta amazônica e o rio da minha cidade. Parecem tarefas menos complicadas do que consertar o casamento dos meus pais ou dormir num quarto com a luz apagada. Tudo começa com uma reportagem a que assisto à noite na TV e com uma chamada de capa que vi num dos dois jornais locais que o pai recebe diariamente.

A reportagem da TV diz que, em cinquenta anos, a floresta pode se converter num deserto e muitos animais vão morrer, ou é isso que consigo entender. Não durmo à noite pensando nas chamas e nos animaizinhos acossados, saio da cama disposta a tomar providências, uma ecologista ativa. Na mesma altura, começo a ir ao Escritório pra fazer telefonemas e escrevo à prefeitura pra saber quando ficará pronto o tubão que promete desviar o esgoto da cidade pra uma estação de tratamento antes que ele seja jogado no leito do rio. O tubão fora anunciado muitos meses antes, e o cheiro pestilento do rio continuava povoando nossos dias como um cadáver largado a céu aberto.

A prefeitura responde às minhas reclamações em ofícios com papel timbrado, e um telegrama do ministro da Agricultura chega meses depois de eu ter enviado um abaixo-assinado num papel de carta colorido que passei entre meus colegas de turma, exigindo a salvação da Amazônia. O pai se estufa de orgulho: eu me correspondo com as altas instâncias do Estado. O que parece impressioná-lo de fato não é que eu escreva as cartas, mas que elas sejam respondidas.

Ele mesmo providencia uma pasta onde eu devo arquivar cada carta e o telegrama precioso, e me pede pra exibi-los aos homens que vão visitá-lo no Escritório.

A irmã L. não aceita um pedaço do bombom, o que me faz guardá-lo de volta na embalagem, já um pouco derretido pelo calor e marcado pelos meus dedos sujos.

"Vou deixar pra sobremesa", minto.

Eu minto muito. É algo que, em geral, começa como uma estratégia básica de sobrevivência, quer dizer, um modo de disfarçar verdades incômodas como minhas fobias e extravagâncias; o fato de que o pai tem dormido na sala há semanas; que eu não sou tão inteligente quanto gostaria; que há brigas demais, violentas demais em nossa casa. Mas mentir também implica uma faculdade que pode mais do que torcer a realidade ligeiramente a meu favor: ela é capaz de gerar momentos de vitória sobre a realidade, e, sobretudo, me proteger dos julgamentos e dos olhares de pena, ainda que a pena possa ser eventualmente vantajosa. Eu sei que estou errada ao mentir, que a qualquer momento posso ser desmascarada, e que Deus se mantém muito ocupado anotando cada uma das minhas falsidades, mas não resisto aos benefícios imediatos que as mentiras me trazem.

Às vezes minto que estou mais doente do que estou de verdade pra não ir à escola e poder ver desenhos animados a manhã inteira. Na escola, as coisas fogem ao meu controle. É preciso resolver cálculos matemáticos, decorar regras gramaticais e nomes de afluentes de rios e ser a última escolhida no time de vôlei e a mão furada do time de handball. É preciso ter algo pra contar vantagem na hora do recreio e conseguir controlar o choro o máximo possível. Além de mentir, choro demais. É como se estivesse constantemente a um passo de ser magoada ou ferida. A torneira se abre e não torna a se fechar até que alguém se mostre minimamente comovido — como isso muitas vezes não acontece, é preciso encarar o fato de que não é possível chorar pra sempre.

Enquanto me pergunto que razões uma parente distante teria pra querer me matar, e a mãe dá ordens pro almoço ou faz ela mesma o almoço — as empregadas domésticas não duram muito porque a mãe está certa de que elas roubam ou porque deixam de limpar os cantos —, a irmã me conta que mora num convento, no alto de um morro, e que da janela do seu quarto pode ver uma praia aonde quase ninguém vai, porque o mar é bravo e a água, fria demais.

O mar, pra mim, é um evento anual, de curta duração — duas semanas no mês de janeiro —, que só começou um verão antes dessa visita, nas primeiras férias pra valer que o pai tirou em uns cinquenta anos, como fez questão de repetir.

Pergunto à irmã L. se o convento fica longe daqui. Setecentos quilômetros, ela responde prontamente, como se estivesse guardando essa resposta pra mim faz muito tempo. Nunca viajei setecentos quilômetros e o número me parece astronômico. O máximo a que cheguei foram duzentos e quarenta e cinco até as termas de Iraí, quatrocentos e trinta e seis até Porto Alegre, e quatrocentos e cinquenta e seis até a praia de Torres. Nas termas havia mais velhos que crianças, e eu, que era sonâmbula, fiquei apavorada por estarmos num quarto no quinto andar, e tentava não dormir porque tinha convicção de que a primeira coisa que faria ao cair no sono seria me atirar pela janela. Em Porto Alegre, *andei* de escada rolante e elevador pela primeira vez; em Torres, o pai quis se instalar numa casa fora da cidade, e dependíamos dele pra pegar a rodovia e chegar até o centro e o mar — decisão que deflagrou a grande guerra matrimonial daquele veraneio.

O pai sempre dirigiu perigosamente, não por excesso de velocidade, mas por insistir que o jeito *certo* de trafegar é sobre a faixa do meio, voltando pra pista à direita toda vez que um veículo vem em nossa direção.

O almoço é servido. Galinhada, salada e polenta. As refeições fartas são o principal escoadouro de cuidado na casa — ali se concentra o afeto da mãe. Somos regalados por ela apesar da sua jornada dupla de trabalho.

Enquanto espero os outros darem a primeira garfada, começo a fazer mentalmente os preparativos pra minha partida: acabar o ano letivo, selecionar uns livros, uns vinis e umas fitas cassete nos acervos dos meus irmãos — não tendo os meus próprios, não me resta opção —, pegar uma das malas dos meus pais, anunciar a minha partida, recolher o dinheiro da caixa de sapatos e do banco, tomar o ônibus, nunca mais voltar. Parece possível, quase feito. Mas não digo nada, a mãe e a prima voltam pra Sala de Visitas e eu me empoleiro em algum canto pra continuar ouvindo o que elas dizem entre si.

A prima de lábios cheios, naturalmente corados, rosto e braços bronzeados, bata de algodão e jeans batidos e largos não se parece com as outras freiras do lugar. A irmã D., a freira alfa da cidade, que a cada domingo elege uma família pra *visitar* minutos antes da hora do almoço, é baixinha, pálida, míope, frenética e assustadora. A irmã L., portanto, inaugura uma categoria humana nova, a meio caminho entre uma hippie e uma *colona* — a palavra que usamos pra nos distinguir daqueles que extraem das vacas o leite que bebemos, plantam e se encarregam de matar o que comemos, mas não estão à nossa altura. São os colonos os principais clientes da Loja do pai.

Em S., nos sentimos perfeitamente urbanos. Não importa que nossa metrópole tenha pouco mais de sessenta mil habitantes e meia dúzia de avenidas, e seus sinais de progresso mais notórios sejam uma pequena fábrica de refrigerantes e o curtume que despeja lixo químico e sangue apodrecido no rio que corta todo um lado da cidade. A contrapartida do rio é lançar, no fim de cada tarde, baforadas fedorentas que aprendemos a respirar sem nojo. Fora isso, o que entendemos como uma marca de distinção está amarrado a um passado trágico. O maior atrativo de S. é sua localização, próxima das ruínas de missões jesuíticas da época colonial, e contar com uma réplica de uma daquelas igrejas que foram destruídas pelos portugueses e pelos espanhóis, os quais também haviam matado quase todos os indígenas da região durante a Guerra Guaranítica no século XVIII. A tal réplica fica em frente a uma praça onde há um lago artificial com tartarugas e meia dúzia de jacarés de verdade. A única coisa que nos separa deles é uma gradezinha de meio metro de altura, que pulamos pra brincar de quem chega mais perto do jacaré.

É extraordinária a autoestima que obtemos desses elementos.

Mesmo que a irmã L. esteja tentando me envenenar, é fácil gostar dela. Nunca vi mulher mais alta. Seus olhos são suaves, os pés e as mãos grandes, as unhas quadradas, rentes à carne e um pouco encardidas, os cabelos, na altura do ombro, ficam um tanto colados ao crânio, untados de oleosidade e suor — mas ela não parece suja, parece alguém que está em movimento. Sorri muito, fala baixo, canta num coral, cuida de órfãos, de um jardim e de uma horta, gosta de ler e, em determinado momento, quando era muito mais jovem, teve um namorado, quase um noivo, que deu um tiro na própria cabeça. Minha mãe vibra ao falar do tal noivo, repete algumas vezes o quanto ele era bonitão e piadista. Ela raramente gosta das pessoas e fica elétrica e acesa quando acontece de gostar. Um namorado quase noivo dar um tiro na própria cabeça me parece outro bom motivo pra virar freira. A cada detalhe que ouço, a irmã L. se aproxima mais da imagem de uma santa.

Além de ordens básicas e redundantes, reclamações e acusações, pouco se diz diretamente às crianças desta casa, porém tudo é falado em voz alta e clara, de modo que ouvimos em excesso, e sem filtro algum. Escuto a conversa entre a mãe e a prima muito intrigada com o fato de que uma pessoa possa ser prima de nós duas ao mesmo tempo, enquanto a mãe não se importa que eu fique por perto ou não percebe que estou aqui debaixo da mesa de jantar que só é usada na noite de Natal.

Fazemos as refeições numa sala menor, onde ficam os móveis piores, feitos pra gastar, assim como comemos nos pratos lascados, com os garfos tortos e as facas meio cegas ou de ponta quebrada, remanescentes de conjuntos que se desfiguraram com o tempo e as mudanças constantes, enquanto um armário trancado guarda louças e um faqueiro novos — o melhor sempre à espera de uma ocasião, de alguém que seja bom o bastante praquilo tudo e que nunca chega.

A soma de indícios de leitura difícil que constitui essa freira é um dado novo na casa, uma possibilidade estranha e convidativa. Nunca estive perto de alguém tão pacificado e integrado consigo e com o mundo à sua volta, mesmo aquele nosso, sempre prestes a colapsar. Aqui dentro, a mãe não costuma parecer feliz. Nem o pai. Meus irmãos, como eu, sempre estão ocupados demais tratando de sobreviver.

O pai chegou e mal falou com a nossa prima. Diferente da mãe, que é presença pura, ele tem alguns talentos incomuns, como a habilidade de sustentar sem trégua um ar absorto, protocolar e inabalável de quem está com a mente sempre ocupada com algo mais importante do que aquelas demandas banais, desprovidas de sentido e finalidade, como a visita de uma prima distante, um aniversário, um almoço de sábado, uma conversa sobre a escola, uma filha, uma esposa que só sabe gastar, se enfeitar e reclamar. Sendo nós invariavelmente parte do problema que ele tenta resolver, nunca será capaz de apenas relaxar e aproveitar nossa companhia. Mais que isso, o fato de que se sacrifica tanto pra nos manter também faz de nós um tipo especial e corrosivo de inimigo. Ele carregará o fardo custe o que custar — é o encarregado, afinal — e faz questão de nos informar a respeito de tudo o que vai deixando pelo caminho; mas pedir que abra mão do seu enorme potencial e ainda se empenhe em demonstrações prosaicas de afeição significaria pedir o impossível.

Enquanto a mãe elabora sem pressa as tramas da semana, cada frase dita pra confirmar a anterior, a prima continua sorrindo, ou acenando a cabeça afirmativamente, ou desconversando com uma paciência infinita. Quanto mais eu meço seus gestos e ouço suas palavras benignas, mais longe vou na direção do morro de frente pro mar, lá onde ficarei em silêncio, lendo muitos livros sem nunca mais me preocupar com a próxima surra. A casa da família, uma a cada três ou quatro anos, que sempre largávamos às pressas, às vésperas do despejo, é um lugar cheio de armadilhas que ninguém se preocupa em desarmar, e todas as minhas paixões são desastrosamente malsucedidas, de modo que a ideia de me afastar dali e dos guris, *pra sempre*, me parece, sem dúvida, a coisa mais sensata a fazer.

Mais tarde, depois da partida da irmã L., espero que a mãe me diga, sem tirar os olhos das barras de crochê que prega numa toalha de banho, que o tal namorado a tinha pedido em namoro antes. A prima foi, portanto, a segunda opção, ou talvez o namoro com ela fosse uma forma de deixar minha mãe enciumada. Ela sempre foi uma mulher linda, incapaz de impedir que os homens a quisessem mais que às outras. Eu era do tipo que pertencia àquele convento.

4.

Aos treze anos, entro pela primeira vez na pequena biblioteca pública de S. Na sala quase vazia cheirando a papel velho fico estranhamente à vontade. Dispenso a ajuda da bibliotecária e percorro as estantes a esmo, lendo aqui e ali um título e um nome de autor, em busca de alguma familiaridade ou de algo que me fisgue. Me detenho diante de uma coleção de livros acinzentados de capa dura, com selos vermelho-escuros estampados nas lombadas. Estão ali *O vermelho e o negro*, de Stendhal, *Guerra e paz*, de Tolstói, *Grandes esperanças*, de Charles Dickens, *Poesia e Prosa*, de Edgar Allan Poe. Por algum motivo difícil de explicar, ignoro todos os outros e puxo o volume *Diálogos*, de Platão. Sei que existiu alguém chamado Platão, um filósofo da Grécia antiga, e só. Sei tão pouco ou menos ainda dos demais, mas o fato de insistir nessa escolha, ciente de que Platão foi, sem sombra de dúvida, um filósofo, e me dirigir a uma das mesas da biblioteca com ele nas mãos me deixa em êxtase. Pulo a nota de abertura do tradutor e vou direto pra biografia do "mais célebre filósofo da Antiguidade". Percorro as páginas iniciais tomada por uma espécie de exaltação — esse gesto me torna estranha, mas de um jeito genuíno, portanto faz de mim alguém especial. Saber que Platão nasceu em Atenas ou Egina em 427 a.C., que Platão era na verdade um apelido dado por seus pais porque ele tinha ombros largos e que foi influenciado por Sócrates me garante o privilégio de um conhecimento que talvez ninguém mais do meu círculo próximo possua — nem meu pai, nem minha irmã artista ou meu irmão estrela, talvez nenhum dos meus professores e, sobretudo, nenhum dos meus colegas e nenhuma das minhas amigas.

Como os títulos *Mênon* e *Fedro* não me dizem nada, parto direto para *O banquete*. Acho graça das provocações entre os personagens, que estão reunidos pra fazer elogios a Eros, o deus do amor, mas se avanço na leitura é menos por um interesse autêntico no que encontro ali do que por determinação a não fracassar na empreitada de me tornar uma *leitora* de Platão. Chego então ao discurso de Aristófanes. Ele diz que a humanidade, num momento anterior, tinha sido constituída por seres esféricos, duplos, divididos em três sexos: o masculino, o feminino e o andrógino. Tão robustos e vigorosos que se rebelaram contra os deuses. Zeus e as outras divindades não podiam simplesmente exterminá-los, como mereciam, porque não teriam mais quem lhes rendesse culto. A solução foi dividi-los em dois (o umbigo seria uma cicatriz deixada ali, ao alcance dos olhos humanos, como uma lembrança). E aí veio o ponto-chave: as duas partes amputadas passavam a vida procurando sua metade perdida. Quando se encontravam, se abraçavam no desejo de se fundirem mais uma vez. Esse reencontro seria o amor.

Com a idade que tenho, a noção do amor como solução pra uma incompletude constitutiva soa espetacular, na medida certa da minha própria incompletude crônica, agora justificada — mesmo que seja por um mito antigo. Levanto da cadeira e peço à bibliotecária que faça minha ficha de empréstimo. Ela pergunta se tenho certeza sobre a escolha, há outros livros mais apropriados pra minha idade. Baixo os olhos e minto que preciso dele pra um trabalho do colégio. Mas o que preciso é levar o discurso de Aristófanes pra casa e ler tudo de novo, quantas vezes quiser. Não me interesso por mais nada no livro, não quero correr o risco de que Platão desminta o que disse sobre o amor.

Os dias passam e os *Diálogos* de Platão continuam ao lado da minha cama, na mesa de cabeceira cor-de-rosa. Ninguém em casa me pergunta sobre ele e, no pátio da escola, tento contar minha descoberta pra um pequeno grupo entediado e indócil.

Não devolvo o livro na data marcada no cartão preso à quarta capa, nem nas semanas seguintes. Em determinado momento, parece que já fui longe demais e o caminho que fiz não tem volta. Um dia, chego à Loja do pai e a funcionária do crediário me avisa que ouviu meu nome no rádio, que eu estava na lista de devedores da biblioteca pública. Peço a ela que não conte pros meus pais: o livro será devolvido sem falta.

No dia seguinte, com as orelhas queimando e minhas economias no bolso, paro mais uma vez diante da bibliotecária, que checa o cartão de empréstimo e me observa por cima dos óculos. "Você está cinco meses atrasada." Prestes a chorar, aceno que sim com a cabeça, vazia de boas desculpas. "Ficar com um livro da biblioteca, ainda mais um como esse, de uma coleção importante, não é brincadeira. Você precisa devolver, outras pessoas ficam impedidas de ler o livro se você não o devolve. Você foi irresponsável." Ela fala com dureza e eu me submeto. Olho pro pequeno retângulo branco com a data marcada pra devolução e percebo que não há nenhuma anotação além da minha. Ninguém o quis antes, nem deverá querê-lo depois. Se houvesse justiça no mundo, o livro deveria ser meu. Mas não digo nada. A mulher continua me encarando com sua expressão severa, calcula o valor da multa, que dói, mas menos que a separação.

Saio dali sabendo que agora vou ter que me virar com a biblioteca do colégio, que nunca mais vou ter coragem de voltar lá, a não ser que aquela bibliotecária morra prematuramente, mas talvez o maior estrago seja outro. Claro que não acredito que um dia existiram pessoas redondas e duplas. Além disso, Aristófanes também disse que, quando as partes separadas se reencontravam, acabavam morrendo de inanição. Mas nada disso me impede de sonhar com a promessa daquele abraço.

Com treze anos migro do colégio particular luterano, mais barato e desprovido do charme burguês interiorano que tanto apreciamos, pro colégio dos padres. Um dos meus irmãos foi expulso dali porque aparentemente ajudou a atear fogo numas cortinas e a cavar um buraco na parede da sala onde estudava. Seus cúmplices, filhos de famílias boas, não receberam a mesma punição, e eu penso que agora todos que levam nosso sobrenome estarão marcados como potenciais vândalos perigosos. Ainda assim, minha matrícula foi aceita e inaugurou-se um mundo novo de inadequação e deslumbramento.

Essa ascensão se sucede à mudança pra uma casa que julgo quase tão gigantesca e luxuosa quanto a Casa do General, embora a conheça apenas por fora, localizada na esquina do nosso quarteirão, e equivalente à Casa do Major, do outro lado do muro do nosso quintal. É a quarta casa de aluguel em que moro — meus irmãos passaram por muitas outras antes. Os negócios do pai vão bem e agora estamos no centro, a uns três quarteirões da escola nova, onde estudam guris e gurias que ganham carros de presente antes dos dezoito anos e não compram roupas em lojas como a nossa. Somos cupins que invadiram uma boa peça de madeira nobre.

Abandonei C., minha fantástica melhor amiga do colégio antigo, a pessoa mais divertida que já cruzou meu caminho. Juntas, elaborávamos projetos grandiosos — o clube de detetives, a companhia de teatro; jogávamos general, um jogo complexo de dados; púnhamos as caixas de som do toca-discos dos avós dela na pequena varanda do apartamento onde moravam, o qual ficava em cima de uma loja de tintas que pertencia a eles, e botávamos pra tocar no volume máximo LPs velhos que julgávamos hilários; jogávamos bexigas-bombas cheias de água com desodorante do alto da laje até alguém reclamar na loja e os gritos da mãe dela ecoarem pelas escadas; nos aventurávamos numa vespa caindo aos pedaços sem nenhuma medida de segurança; e assistíamos a uma programação ilimitada de filmes de terror. Alguns desses filmes envolviam bonecos assassinos e eu não conseguia dormir no meu quarto se não trancasse minhas bonecas assustadoras no quartinho de passar roupa. Grandona e com a língua presa, C. tinha uma família que gritava muito sem ser exatamente violenta, no meio da qual eu sentia uma segurança irresistível. Se me fosse dada a escolha, teria ido viver com eles.

Por algum motivo não fui parar na turma da menina com quem dava meus primeiros pulos na vizinhança nova e tinha uma forte identificação — éramos ambas meio pestes e muito magras —, mas na turma das gurias populares da oitava série. Tal geolocalização me mantém ocupada demais tentando me enturmar nesse grupo de princesinhas de cabelos sedosos, filhas de médicos, juízes, empresários bem-sucedidos e funcionários de banco, que se conhecem desde a pré-escola, quando sem dúvida já eram lindas e populares. Perfis que crio e dou como certos porque assim as vejo. Sou fascinada por elas e sei que não estou à altura. Ao contrário de mim, parece que quase todas tiram boas notas sem estudar muito, comem pizza com a família nos fins de semana enquanto comemos linguiça cozida com pão caseiro, e têm namorados ou estão muito perto disso. Com as mais avançadas entre elas, logo vou praticar as primeiras contravenções que me catapultarão de uma vez pra fora do território infantil.

Do outro lado da cidade fica o colégio das freiras, e com frequência no final da manhã um grupo de caras faz ponto na saída de um colégio ou de outro pra flertar e exibir seus carros. Nenhum deles está lá pra mim — pela minha magreza, porque tenho monocelha e bigode.

É agora que começo a ter vergonha da Loja. Da cor amarelo-ovo da fachada, das vitrines malfeitas e dos manequins aleijados, dos corredores tortos, abarrotados de produtos sempre alguns passos atrás da moda da estação, dos anúncios na tv e na rádio locais que avisam, em gauchês tosco, que é mês do cachorro louco e o patrão enlouqueceu. Sinto vergonha da Kombi com letreiros chamativos que às vezes, em dias de chuva, é usada pra me buscar na escola; da Variant alaranjada e dos estrondos que escapam do cano de descarga como peidos que podem ser ouvidos a dois quarteirões. De não termos telefone em casa. Da bombacha surrada do pai. E das minhas próprias roupas, inferiores às de todas as outras. A vergonha se apodera de cada canto meu como uma força primitiva, inescapável, que regula todos os meus passos.

Vejo com interesse, inveja e despeito as outras casas, as famílias, os carros que levam e buscam os colegas da escola. Procuro parecer limpa e educada quando estou entre eles, demonstrando, apesar de tudo, merecer esse convívio, ainda que, no fundo, sinta o contrário. Sou suja, grosseira, uma impostora, e todos sabem disso. Os traços que me compõem a essa altura passam por escolhas e gostos que me escapam, e o esforço que faço pra me afastar deles acaba acentuando a força dessa origem, a base que se conserva intacta mesmo que o resto da casa desabe.

5.

Entre os catorze e os quinze anos, experimento pela primeira vez:

1. a língua de um garoto. Na praia de Torres, no fim do veraneio. Meia hora antes eu minto "Dezesseis" quando o dono dela se aproxima com as perguntas fundamentais — "Qual teu nome?", "Quantos anos tu tem?". Meia hora depois, eu descubro que ele — Max, dezessete — é um cocainômano precoce e provável maníaco-depressivo. Num relacionamento que pode ser contado em minutos, Max, dezessete, despeja saliva e circula uma língua dotada de estrutura óssea pelos meus dentes, dois deles ainda de leite, e por toda a minha mucosa bucal enquanto eu tento não me afogar e sentir nojo do gosto de cuspe e chiclete de tutti-frutti gasto com cigarro e cerveja que de repente inunda a minha estreia tão aguardada; aspira dois montinhos que parecem leite em pó num cartão do Colégio Militar de Porto Alegre; conta histórias familiares trágicas com o nariz escorrendo; chora compulsivamente instantes antes de começar a ficar bastante passivo-agressivo quando me desvencilho de mais um beijo e falo que

seria melhor voltarmos pro bar, onde estão minhas irmãs e pretendo pôr em ação o plano de fuga que passei a elaborar na primeira cafungada, quando já temia um pouco pela minha vida;

2. maconha — um fino dividido num terreno baldio entre seis colegas da escola nova igualmente iniciantes, apavoradas e hiperexcitadas, que inventam ondas impossíveis com uma só prensada, porque todo aquele risco não pode ser em vão;

3. Gudang Garam e cigarros mentolados ao som de um repertório musical que chamo de "eclético", porque aprendo essa palavra mais ou menos na época e acho suficientemente complicada pra usar e uma boa qualidade pra ter, já que me concede o direito valioso ao contraditório: de The Doors a Bob Marley, passando por Daniela Mercury, *Carmina Burana*, Janis Joplin, Belchior e New Kids on the Block, Cazuza, Caetano Veloso e Guns N' Roses, lado A e lado B bebendo vinhos doces, Martini Bianco e Fanta com Velho Barreiro ou vodca barata, que eu e minhas amigas quase sempre vomitamos em poucas horas, e logo vamos misturar com

4. comprimidos garimpados nas caixas de remédio das nossas mães. Bromazepam, Diazepam, Alprazolam, outras palavras recém-aprendidas, estampam caixinhas e cartelas tão fáceis de encontrar em casa quanto mercurocromo, Merthiolate e Elixir Paregórico. Boleteiras recém-iniciadas, repartimos o butim em pequenas lascas amargas que engolimos com nossos drinques doces em meio a discussões acaloradas sobre quem entre nós seria a reencarnação da Pamela Courson;

5. Ver a porta do banheiro ser arrombada pra que eu continue sendo espancada pelo pai.

6.

É um sábado ensolarado de janeiro, atravesso o tédio do começo da tarde nesta casa que me fez por um tempo acreditar que ultrapassamos uma barreira social que eu julgava intransponível. Nossos vizinhos são militares de alta patente e famílias de classe média que, por terem Santanas, Vectras e Paratis mais ou menos novos na garagem e cortinas que combinam com as almofadas, chamo de "os bem de vida". A não ser por certos arroubos malsucedidos da mãe, estou há alguns meses sem apanhar e me sinto grande demais pra continuar apanhando.

Passa das três, o pai dorme pesadamente na pequena sala da televisão, ligada por uma porta a outra, maior e menos frequentada, onde fica o aparelho de som 3 em 1, a grande mesa de madeira escura com cadeiras estofadas de veludo vermelho e o grande sofá bordô comprado de segunda mão, nos quais poucas vezes nos sentamos. Na sala da televisão fazemos as refeições e é ali que fica a porta lateral que usamos, assim como o portão que fica no pátio dos fundos, pra sair e entrar na casa. A porta principal nunca é usada e só a mãe tem a chave dela. Os roncos do pai são altos e entrecortados por gemidos que de tempos em tempos evoluem pra urros. É, portanto, necessário passar por este corpo redondo e pesado pra entrar e sair, ir à cozinha, aos quartos, ao banheiro e chegar ao pátio. A não ser quando pulo a janela do quarto e contorno a casa abaixada pra escapar do seu campo de visão.

Todas as portas e janelas que dão pra rua são abertas quando o pai chega. É pra ventilar, ele repete com os lábios tensionados quando encontra alguma barreira pras correntes de ar tão vitais, seja verão ou inverno. Sei disso tudo quando entro na sala do som pra ouvir um LP da Legião Urbana que pertence a um irmão, mas os roncos altos atrapalham a experiência e também são sinais de que ele está, afinal, desacordado, e talvez continue assim por mais uma hora ou duas, uma vez que a Loja foi fechada ao meio-dia.

Me posiciono por alguns segundos entre as salas, olho pro pai e constato que, mesmo quando está mais vulnerável, parece ameaçador, com seus cabelos já bastante grisalhos espetados e a expressão dolorosa de uma apneia que lhe sequestra o ar de tempos em tempos. É provável que os urros sejam efeito desse fenômeno.

Ainda assim, fecho a porta entre as salas.

Talvez tenha ouvido duas faixas ou três quando vejo a porta se abrir e me assusto. A mesma expressão de há pouco, só que com olhos bem abertos e ferozes voltados pra mim.

"A porta fica aberta", ele diz, os lábios ainda mais comprimidos e repuxados, a coluna meio encurvada de um grande urso.

"Vem aqui, fecha e abre a porta", ele continua.

Não sei o que me dá, não consigo conter um revirar de olhos e o que penso nesta hora sai de mim desavisadamente como o som de uma bufada que, apesar de sua surdez parcial, ele ouve muito bem. Levanto com má vontade e vou até o batente, onde ele me espera. Fecho e abro a porta.

"O que foi que você disse, sa-bu-gui-nho?"

Conheço bem essa palavra e esse tom. É uma escolha estranha, o diminutivo de sabugo de milho, como expressão de desprezo e cólera. Mas, se ele a usa, já sei o que está por vir e digo que nada, não disse nada, só fui fazer o que ele mandou, e o chinelo de plástico espesso e duro já está no alto, na mão inchada dele. Ele não vai me bater com um chinelo, eu penso, e o primeiro golpe me atinge num braço. Ele vai parar por aqui, me ocorre, quando o segundo já está a caminho. O gesto de levantar o chinelo e usá-lo pra me punir, a mim, com quase dezesseis anos, me parece a princípio absurdo e patético, mas os golpes continuam, mirando ora o braço ora as costas, e quando chegam à cabeça começo a gritar "Pai, para", enquanto corro até o banheiro mais próximo e consigo trancar a porta.

"Abre essa porta", ele começa a gritar. "Abre já essa porta."

Se tem uma coisa que não pretendo fazer é abrir essa porta. Choro aos berros e peço por socorro. Sei que há mais gente em casa, a mãe pelo menos, e as duas irmãs, mas, antes que alguém chegue, ele se põe a chutar a madeira com força até que a fechadura arrebenta e estilhaços voam pro chão. Consigo me encolher num canto, entre o bidê e a pia, e proteger o rosto no meio das pernas enquanto tapas e chineladas chegam com mais força e velocidade, marcando com manchas vermelhas toda a superfície disponível.

Uma irmã então aparece ao fundo e gargalha, talvez em estado de choque, outra chama a atenção dele, que se afasta de mim e parte pra cima dela. Mas ela já é uma mulher, uma mãe, e quando ele se lembra disso, apenas a empurra pra trás.

À noite, meu corpo está coberto de hematomas e ainda é necessário passar por ele pra ir à cozinha, ao pátio, sair de casa ou entrar nela.

7.

O problema de apanhar nos anos 1980 ou 90 numa cidadezinha sulista, numa família como a minha, está na percepção de que as surras são um direito inalienável dos pais. Uma espécie de efeito colateral da autoridade que exercem sobre os filhos combinada à nossa capacidade de ferir a já ínfima confiança que depositam em nós. Pais como os meus decerto apanharam um bocado dos pais deles, e assim ocorreu sucessivamente por várias gerações, com exceções míticas. Então temos as surras e nos magoamos com elas, mas não chegamos ao ponto de pensar que eles fazem algo que não lhes cabe ou que não deveriam, de modo algum, fazer. Pelo menos é como eu encaro a situação — e não se ouve muita discussão pública a respeito, nenhuma matéria no *Fantástico* ou nas páginas da revista *Seleções* dizendo o contrário.

Quando meus irmãos eram mais novos, o pai costumava fazer da surra um evento espetacular e meticulosamente arquitetado pra atingir seu objetivo pedagógico. Um relho de espancar cavalos feito de couro duro pendurado na parede servia de memória e aviso. Grãos de milho ou tampinhas de garrafa espalhadas pelo chão pra que joelhos não pudessem repousar ali sem um calvário extra, surras organizadas em fileira, que não poupavam ninguém porque o corretivo dos inocentes servia como remédio preventivo. Eu, muito pequena, assistia a essas sessões de penitência e humilhação, das quais o pai era juiz e carrasco, mortificada, mas também aliviada por não estar entre os culpados. Eventualmente, chegava-se ao limite de lavar com salmoura os vergões que estampavam as costas castigadas. Qualquer trabalho que fosse deveria ser bem-feito.

De tempos em tempos, o pai também bate na mãe. Acontece sempre durante uma discussão, à noite, depois do expediente comercial, mas principalmente numa janela que se abre entre as sextas-feiras e os domingos. Nas noites de sexta, ele começa a beber pra aliviar as tensões dos negócios que vão quase sempre mal, em grande parte por nossa culpa. A inflação também galopa, desvalorizando do dia pra noite os parcos trocados reunidos, e a situação é tão calamitosa que, na Loja, tabelas plastificadas são produzidas num intervalo de poucos dias, porque seria impossível remarcar todas as mercadorias na velocidade da flutuação dos preços. E, nas mesmas sextas, a mãe deve fazer seus próprios balanços e constatar mais uma vez que sua vida não é divertida nem privilegiada, que não se casou com um homem galante, rico e carinhoso como sonhou um dia. Em vez disso, trabalha fora e em casa e tem que lidar com um marido carrancudo, endividado e bêbado e uma ninhada de filhos ingratos. Logo, não há motivos pra ficar de bom humor.

As insatisfações dos dois, numerosas e combinadas, quase sempre são explosivas.

A mãe jamais esconde suas queixas e parece se irritar quando o pai ousa demonstrar um temperamento mais brando. As risadinhas sem mostrar os dentes, com os lábios comprimidos dele. Ela então reclama do que vai mal e cabe a ele consertar. Pensando bem, tudo vai mal, e ele não presta pra nada dentro de casa, o peso todo acaba sobre as costas dela. O pai, nesse momento, deve acreditar que a esmurra por causa de suas *provocações*, que chegam mesmo que ele se dane trabalhando pra sustentar os caprichos dela, enquanto ela deve amargar a cada vez a escolha feita — trocar a opressão do pai pela opressão do marido.

Ela às vezes grita, correndo pela casa, que ele vai matá-la, e eu testemunho a perseguição aterrorizada por essa possibilidade. "Pai, para", também pedimos eu e os irmãos que estiverem por perto, sob o risco de atrairmos demais a atenção pra nós mesmos. Ele parece motivado o bastante pra dar conta de todos.

A mãe conta a uma benzedeira que uma luz vermelha, diabólica, se acendeu nos olhos dele numa das vezes em que foi perseguida; teme que ele esteja possuído por alguma força sobrenatural, e leva suas roupas pra serem rezadas. Eu a acompanho, ouço a conversa das duas, olhos arregalados e músculos tensos, e passo a procurar por indícios de possessão.

Um dia, ela teria chegado com um olho roxo ao trabalho, no Hospital Militar de S., onde era secretária, e ouvido de uma colega que não devia pensar em se separar enquanto tivesse sete filhos pra criar.

Quando eu fizer dezessete anos, vou lhe perguntar por que não se separa já. Ela vai usar a carta levantada pela amiga. "Eu sou a mais nova e tô indo embora. Pronto, você não precisa mais pensar nos filhos", decretarei. Minha mãe ficará sem resposta. A partir dali, começará a me parecer menos vítima e mais cúmplice do próprio martírio. Não é que alguém a estivesse obrigando a ficar.

As surras que a mãe dá são diferentes, mais desorganizadas, passionais. Ela costuma dizer que o pai bate em nós por ruindade, enquanto ela o faz por desespero. Não considera o agravante da cumplicidade já que, em geral, ele só chega ao ponto de executar uma sentença porque ela nos delatou antes. Acredito, de qualquer forma, no seu desespero — estou sempre prestes a enfiar um prego enferrujado na sola do pé e meus irmãos estão sempre prestes a quebrar a cara uns dos outros, e ela, enfim, fez um péssimo casamento —, assim como acredito que os tabefes, os puxões de cabelo e de orelha que ela me impinge devem fazê-la experimentar a expressão de um poder possível, praticável. Bater é, afinal, poder bater.

As distorções desse sistema não tardam. Se você aprende que pode apanhar tanto por grandes contravenções quanto por pequenas, tanto por motivos perfeitamente compreensíveis quanto por critérios ilógicos, aos poucos deixa de tentar não errar e passa a se concentrar em não ser pego. E quando você descobre que é possível não ser pego, começa a ganhar mais gosto pela subversão.

As únicas subversões em que eu consigo pensar na época são o álcool, os cigarros, as drogas leves, os pequenos roubos e uma tímida iniciação erótica. É pedir inocentemente pra dormir na casa de uma colega e sair pra uma festa; dizer que volto pra casa à meia-noite e chegar às quatro da manhã, de porre, cheirando a cinzeiro; fazer experimentos estúpidos, como beber uísque com cinza de cigarro e preencher a garrafa esvaziada do pai com água da torneira; pegar carona com um cara mais velho e me deixar apalpar um pouco no carro dele, na esquina escura de casa. O prazer de fazer coisas que meus pais nem sequer imaginam tempera experiências quase sempre ineficazes e insatisfatórias, que acabam em lágrimas ou em vômito.

8.

Com quinze, migro pra uma escola pública e começo a mentir como nunca pro pai e pra mãe. A mentira desliza da minha boca sem encontrar nenhum obstáculo. Minhas experiências são, no limite, incomunicáveis.

Gazeio aula pra fumar com minhas novas amigas no cemitério que fica a dois quarteirões do colégio, e volto ao mesmo cemitério sozinha, só pra andar entre os túmulos e pensar em paz no quanto minha vida é triste e desesperançada. Um dia deparo com o túmulo de uma mulher que morreu relativamente jovem, C. F., e sou tomada por uma emoção estranha. Passo a visitá-la com frequência e a ter conversas telepáticas com ela. Sinto que a conheço e que ela tende a concordar comigo — o mundo é um lugar injusto, a minha família me odeia e meus problemas não terão solução enquanto eu viver numa cidadezinha como S.

Tenho baixa tolerância à bebida e muitas vezes apago em algum sofá enquanto os outros seguem entornando o álcool mais barato do supermercado. Me apaixono por um cabeludo que está numa série acima e se alterna entre o desprezo completo e um interesse distanciado. A. senta atrás dele na classe e recolhe longos fios de cabelo que me entrega dentro de cartas no final das manhãs. Quando ele enfim decide me beijar, me conduz pro lado de fora da festa, andando na minha frente, como se estivesse saindo numa missão secreta. A experiência toda, num canto escuro, debaixo de uma árvore, não dura mais que meia hora, o suficiente pra que eu guarde aqueles fios de cabelo feito relíquias e dedique meu tempo vago a chorar embalada por canções lamuriosas. Ele nunca mais volta a me beijar, embora as amigas garantam que está sempre prestes a fazê-lo. Minha autoestima se mantém em pé escorada por falsas garantias como essa.

Com dezesseis anos, atravesso o portão a caminho da escola e vejo o muro de casa pichado. A maior casa em que já morei tem um muro branco comprido, e as duas palavras gravadas durante a madrugada com spray preto em letra cursiva ocupam metade da sua extensão. MANU VAGABUNDA.

"Puta", duas sílabas, demandaria menos tempo e envolveria riscos menores, mas não. "Va-ga-bun-da" dobra a aposta, vai mais longe no ponto em que quer chegar. A força gravitacional dessas nove letras seladas ali pesa sobre o meu nome de forma tão incontornável que me esmaga contra o chão e me impede de pensar em qualquer medida capaz de dissociá-las de mim. Costumo ser boa em salvar a minha pele, porque faço isso constantemente — falto com a verdade, me finjo de sonsa, choro, me escondo, saio de fininho e sumo por umas horas —, mas não agora. Minha vida, meu futuro acabam nesse muro.

No tribunal de costumes da cidade, "vagabunda" é uma palavra corrente que frequenta mentes e conversas como uma marca a ser descoberta e um selo a ser gravado. A maioria dos moradores de S. se mostra bastante disposta a cumprir sua parte na manutenção da ordem moral que sempre massacra as amantes em benefício dos maridos.

De vagabunda, e nunca de puta, é como meu pai chama minha mãe durante suas brigas, é como ela chama as amantes que está convicta de que ele tem, e como chamou minhas irmãs quando interceptou uma conversa delas sobre sexo. O estardalhaço que se seguiu deixou em mim sua marca pedagógica.

Uma vez alojada, a palavra assume o controle, se torna maior que o nome e é uma das poucas capazes de pesar sobre um bom sobrenome. Parece mais relevante que qualquer outro aspecto da pessoa que passa a carregá-la. Numa cidade como S., pode-se fazer o possível — viver conforme certas regras de conduta — pra evitar ser vista como vagabunda ou se conformar a viver como uma. Todas as vagabundas seriam devidamente catalogadas e distribuídas nos espaços apropriados, reduzindo eventuais riscos de contaminação. Atravessada a fronteira, dificilmente haverá pra onde voltar: a não vagabunda que existia antes desaparece detrás de uma cortina pegajosa de vergonha pública. A mancha fica gravada no corpo como uma cicatriz horrível, e esse corpo será sempre o de uma mulher.

Muito cedo somos iniciadas nesse golpe semântico que faz com que a passagem de uma palavra pro gênero oposto altere radicalmente o seu significado. Todo mundo sabe que vagabundo é um homem que não faz questão de trabalhar. Não que isso seja desejável ou bem-visto, não depois de determinada idade, mas se o sujeito tiver as costas quentes pode vagabundear à vontade sem maiores consequências. Eventualmente vai haver até uma aura, o charme de um certo privilégio que a maioria jamais sonharia em ter. A não ser que o vagabundo cruze com o meu pai. Pra ele, a vagabundagem é um tipo especial de crime hediondo, e uma pessoa não possui valor algum se não trabalhar de sol a sol. Esse critério é estendido às crianças, no caso seus filhos, e à própria esposa. Desde quando sou capaz de me lembrar, lá está aquele homem redondo e teso às sete da manhã esmurrando portas, sacudindo corpos adormecidos, com os pés já metidos nas botas, zanzando pela casa como se dirigisse um quartel enquanto repete "Cambada de vagabundos" pra qualquer um que puder ouvir.

Ele, porém, se junta ao senso comum quando o departamento é outro. Se há um número considerável de defeitos aceitáveis, em hipótese alguma um cara pode ser fresco. A feminilidade em si é sinônimo de frescura, uma fraqueza essencial só contornada com a disposição incansável pro trabalho e a submissão no trato. Na minha cidade, um afeminado não conta com muitas opções. Dispõe, na verdade, de uma só — ser cabeleireiro —, e S. já possui e tolera sua bicha *coiffeur*, encarregada dos penteados que estampam as colunas sociais e brilham nos bailes dos dois clubes frequentados pela nossa pequena elite. No pódio do desprezo, só as bichas são páreo para as vagabundas. As fronteiras são claras, basta evitá-las. Vou demorar muito tempo pra juntar as peças e entender que não existe uma posição confortável pro feminino, esteja no corpo em que estiver.

Algumas vagabundas são remidas se tiverem a reputação lavada por desavisados que as assumam como namoradas por tempo suficiente — digamos que um ano ou mais. Essas eventualmente recebem como prêmio o acesso a certos grupos puros que, por sua vez, continuam relembrando suas transgressões assim que elas dão as costas. Retornadas ou não, os caras as assediam tanto quanto as desprezam, as gurias de família as detestam e perseguem, fortalecidas pelos seus próprios grupos. A vagabunda, bem ou mal, acaba entranhada na sua condição. Com dezesseis anos eu já domino o assunto. Só não sabia, não até essa manhã, que eu mesma carregava o selo. E, por mais que eu possa argumentar em minha defesa, MANU VAGABUNDA escrito no muro de casa parece intransferível e contundente o bastante.

Com dezesseis anos eu também sou tão virgem que nem sequer vi um pau — não espontaneamente. Os exibicionistas anônimos cujos paus cruzaram meu caminho na rua ou diante do pátio de casa ao longo da infância (foram pelo menos quatro), ou os encontros acidentais com algum membro flácido da família, enquanto um irmão tomava banho ou se vestia de porta aberta, não entravam na equação — pra mim, sobretudo estes últimos equivalem a um cotovelo ou a um joelho descobertos. Também nem me passa pela cabeça seguir o caminho de algumas garotas que resolvem o problema da sagrada manutenção do cabaço com empreitadas anais. O plano parece doloroso, elaborado, arriscado e por demais falível. É difícil saber se eu cheguei até aqui meio assexuada, muito diferente das garotas com quem convivo, ou resolvendo eventuais ondas de agitação apertando as coxas em almofadas e travesseiros de fronhas cor-de-rosa ou evitando que mãos penetrem sob minha roupa e o acesso a paus de qualquer procedência por medo de me aproximar da fronteira ou porque ainda não estou suficientemente interessada. E não faz nenhuma diferença agora que está escrito MANU VAGABUNDA no muro da minha casa — tão grande, que pode ser visto do outro lado da rua.

O primeiro pensamento legível depois de um emaranhado inicial é que meus pais vão ver a pichação a qualquer momento e eu vou ser espancada. Como não há precedente pra um muro pichado com meu nome, as únicas dúvidas que restam são quem se encarregará da surra, o quanto vou apanhar e qual técnica será empregada. Relho, chinelo, pés, punhos, mão aberta, fechada, cascudo, puxão de orelha? O coração bate dentro dos meus ouvidos como acontece durante as brigas mais violentas entre os dois, quando fazem tudo num tom espetacular, aos berros, quebrando coisas pela casa. O coração também se desloca até ali quando o pai assovia e um deles chama meu nome com determinado tom que indica uma grande probabilidade de ser a minha vez de apanhar.

Há anos o pai tem o hábito de convocar a presença dos filhos mais novos com um longo e estridente assovio, que pode ser ouvido de qualquer parte da casa a portas fechadas. Aos dezesseis, recebo esse som com uma onda de repulsa. Ele significa que o pai dará uma ordem e sua supremacia sobre nós lhe garante o direito de fazê-lo sentado onde está. No assovio há também uma convocação pra trabalhar um turno na Loja, ir ao banco, ao armazém comprar cigarros, tirar suas botas ou girar o botão da televisão até que ele encontre um canal satisfatório. Quando se trata da televisão, que está a poucos passos da sua cadeira, o assovio é sucedido não por palavras, mas por um pequeno gesto — com o polegar e o indicador em garra, ele faz um breve movimento de giro no ar. O pai fica especialmente indócil se ninguém aparece depois da primeira convocação. Sabe que pode ser ouvido e que temos a audácia de fingir o contrário. Às vezes pulo a janela do quarto e me escondo nos fundos do pátio atrás de uma árvore com um livro só pra não ter que atendê-lo. Até a noite, com sorte, ele terá esquecido.

Continuo olhando pro muro. Sinto que não posso me mover e que a situação é irremediável, quando um dos meus irmãos aparece no portão, talvez recém-chegado de uma noitada, atrasado pra aula, como em todas as manhãs desde que voltou de Porto Alegre com um crucifixo pendurado na orelha, calças rasgadas e os dedos cobertos de anéis de latão. Ele me vê e vê o muro. E desaparece. E volta trazendo uma lata de tinta acrílica preta e um pincel grosso que usa pra pintar pequenos quadros abstratos. Calmamente, começa a preencher os espaços entre as letras, de modo que as palavras ficam logo ilegíveis.

"Não chora", fala, "tá resolvido. Vamo pra aula."

É a primeira vez que ele interfere a meu favor e a primeira em que não acelera o passo a ponto de ser impossível andar ao seu lado na rua.

9.

Na virada pros dezessete, a impossibilidade de ser correspondida amorosamente já evolui pra um claro quadro obsessivo-compulsivo. Entre a meia dúzia de moleques que, a curtos intervalos, atualizam o posto de *homem da minha vida*, nenhum chega perto de alguma reciprocidade. O comprimento capilar é, neste momento, o dado decisivo e condicionante da atração. A essa altura, alcanço uma provável marca inédita: me apaixonar às raias da devoção por dois pares de gêmeos, um de cada vez, e ser mais ou menos rejeitada por todos os quatro.

Uma solidão sufocante permeia cada uma dessas empreitadas. A solidão engolfa os efeitos mais diretos de tais rejeições amorosas; é maior, portanto, que a frustração, o desalento e a autopiedade. Mesmo que eu não tenha consciência plena, há o reconhecimento intuitivo de que, ainda que tudo fosse diferente e cada uma dessas paixões fossem correspondidas, ali estaria a solidão, me cercando como o próprio ar. E isso talvez seja um sinal de saúde — pouco óbvio, discutível até —, algo que indica que talvez eu não seja feita pra essa vida, pra esse lugar, praquilo que esses cabeludos teriam a oferecer.

Caras de qualquer idade e procedência, mas sobretudo os vagamente bonitos que promovemos a Apolos, têm uma clara predileção pelas gurias-padrão, do tipo que circula nos concursos de beleza anuais e eventualmente ostenta títulos como o de Rainha das Piscinas ou de Broto da Cidade. Muitas delas, mesmo os Brotos, que são necessariamente mais novas, andam em bandos e são meio malvadas, reativas com as gurias que não pertencem aos seus pequenos grupos, dirigem carros com o volume do som alto, bebem e têm um histórico sexual com namorados que fazem parte da *sociedade*. Como bater uma fórmula tão perfeita?

Numa das casas onde moramos, no alto da cristaleira que fica na Sala de Visitas, encontro num exemplar do *Almanaque Simpatias* uma resposta possível. "As melhores e mais eficientes simpatias para todos os fins", diz a capa, longe de me preparar pro que está por vir. Na seção "Amor", a fórmula pra conquistar o homem de sua vida envolve se banhar com o leite de uma cadela por três noites de lua nova. Ordenhar uma cadela me parece algo tão complexo quanto receber alguma atenção de L., um dos gêmeos cabeludos que comecei a adorar semanas antes e está saindo com a Rainha das Piscinas de dois anos atrás. Outra, também bastante engenhosa, exige a poda de uma quantia específica dos próprios pentelhos, que devem ser assados no forno pra então serem pulverizados na bebida da vítima. A ideia toda me parece perversa e anti-higiênica, o que não me impede de aventar a hipótese de usar a receita.

Mas, embora em condições ideais, as gurias da minha idade operam num regime da mais absoluta redução de expectativas. O pacote pedido de namoro + buquê de rosas + urso de pelúcia é a apoteose romântica de meados dos anos 1990 — tão em voga quanto as calças baggy, a axé music, o moletom amarrado na cintura e o batom alaranjado. As flores são exibidas pra mães, irmãs e amigas suspirantes, admiradas pelo gesto, os ursos são batizados com nomes alusivos e enfeitam as mesmas camas que os pais se empenham em interditar pra outras presenças masculinas. Enquanto isso, privada dos clichês românticos, acumulando paixões platônicas por criaturas que invento e remetem vagamente às originais, desço cada vez mais baixo numa ladeira interminável em direção à indigência amorosa e à convicção de que a resposta pra minha desgraça só pode ser uma: eu sou feia. O passo adiante vem com naturalidade pra uma pessoa com inclinação pro drama: defeituosa, horrenda, medonha. Uma resposta boa o suficiente pra tantas perguntas em aberto.

    Parecer minimamente bonita é a única coisa que se espera das gurias neste lugar. Se não posso ser bonita, preciso pelo menos ser capaz de me misturar na multidão. A mesma urgência que me impulsiona até o espelho do banheiro no meio das aulas, pra me certificar de que meu rosto não está derretendo, me leva a tentar corrigir todos os traços que me tornam diferente do jeito errado.

    Uma coisa é certa: a aceitação não virá sem sacrifícios. É preciso abandonar o coturno militar, junto com os vestidos estilo *grunge*, as camisetas largas e as camisas de babados góticos. Deixar, enfim, de me vestir como uma ave exótica. Quando me vê passar com o novo visual de "menina", o pai expressa sua aprovação. Um programa intensivo de redução de danos tentará remediar falhas e compensar faltas estruturais: depilar sobrancelhas e buço, contornar a magreza, aprender a usar a maquiagem a meu favor e parar de sair de casa rebocada como um arremedo de Vovó Mafalda, tomar hormônios e me submeter a antibióticos e ácidos pra ceifar as espinhas, trocar o vermelho enferrujado dos cabelos por um tom de loiro e vencer seu volume à força, superfaturar os peitos com enchimentos e arames, e as pernas com duas camadas de leggings, e torcer pra que ninguém note que agora uso sempre as mesmas seis peças de roupa. É preciso seguir manuais de passo a passo, listas de tudo o que você precisa saber para, e toda essa mistura pra bolo de condescendência e impostura disponível na última edição da revista *Capricho*. Assim nos tornamos reproduções vagas, mas esforçadas, da Garota da Capa que fariam qualquer feminista queimar gavetas inteiras de sutiãs. O efeito é instantâneo. No meu caso, tudo isso chega acrescido de meia dúzia de citações espertas da literatura *eclética* que, a despeito de tantas transformações, não deixo de consumir, assim como os filmes empoeirados e esquecidos no depósito da videolocadora, porque essas atividades impopulares são concretamente o que adia o meu suicídio.

Tenho dezessete quando a cidade de S. perde três jovens de classe média pra formas diretas ou indiretas de suicídio. É como se a corda tivesse esticado demais e a masculinidade rompesse nos pontos mais fracos e em seus próprios termos. Um cara de dezoito anos morre com uma bala na cabeça ao fazer roleta-russa com dois amigos, outro da mesma idade usa a arma do pai pra dar um tiro no peito, um terceiro dirige bêbado e em alta velocidade no meio da madrugada até bater num poste, matando o amigo que estava na carona e ficando com a maior parte do corpo queimada.

Mesmo que o impulso me acompanhe como uma cicatriz recente, no fundo não quero morrer. No dia em que descobri o trinta e oito do pai no alto de uma estante e considerei usá-lo na minha cabeça porque um irmão tinha me delatado pra nossa mãe — eu andava fumando maconha com os skatistas da cidade —, chorei principalmente por pena de perder o que talvez viesse a ser a melhor parte. A vida deve ser boa longe daqui; eu posso ser melhor longe daqui, e existem, além de tudo, tantos livros pra ler.

Na lista mais recente, que deixou pra trás, congelados na infância, os exemplares da Coleção Vagalume (A *ilha perdida*, *O escaravelho do diabo*), há A *insustentável leveza do ser*, *Perto do coração selvagem*, *Trópico de Capricórnio*, e só estou esquentando.

A maior parte desses livros, eu garimpo no quarto da irmã mais velha, mas devo ter ouvido falar de Henry Miller pela primeira vez lendo a agenda repleta de poemas, citações, colagens, letras de música e pensamentos do irmão que me salvou, e é certamente dele o primeiro exemplar de *Trópico* em que botei as mãos. Ler os livros que ele lê parece um bom começo na trajetória necessária pra ser incorporada ao seu grupo, ou ao menos ao seu campo de visão. Aqueles jovens loucos iniciados em The Smiths, Dostoiévski, Madonna, Nietzsche, vodca, cigarros, cocaína e beijos triplos são de longe as pessoas mais notáveis da cidadezinha, o meu ideal, a minha Factory, os meus beatniks quando eu nem sequer imagino que tais coisas existiram. Talvez, se algum dia eu chegar a formular algum comentário esperto sobre Miller, tenha alguma chance.

Começo nesse espírito, mas outra força logo me arrasta, ambivalente e perturbadora. Ela me pega pela mão e me leva até zonas onde eu me entrego a um sujeito de olhos sacanas e dedos gordurosos e manchados de tabaco que me diz coisas toscas enquanto levanta minha saia. Quer dizer, Henry Miller não deixa de ser um macho bastante banal, só que é ao mesmo tempo o diabo escrevendo, um escritor pé-rapado, um herói antissistema, um filósofo underground e um niilista tarado o suficiente pra jamais dar as costas a uma generosa fatia de vida. É difícil ignorar alguém assim quando se vive num mundo onde até as experiências mais transgressoras têm um quê de domesticadas. Mas os procedimentos, quer dizer, o caminho que leva dedos sujos às bucetas mais variadas, se revelam comuns em Paris, Nova York ou S., nos anos 1930 ou 90, e, por isso, não chegam a me chocar ou a me fazer refletir exaustivamente a respeito — as coisas são como são. Ou pelo menos não me chocam até que Anaïs Nin entre no cenário. Anaïs, embora tenha jogado o jogo de Henry, é uma revolução que eu me sinto capaz de seguir. E a sigo por um bom tempo.

Henry e June, Uma espiã na casa do amor, A casa do incesto devolvem um corpo a quem só conhece objetificação ou sensações extrafísicas ou uma insegurança avassaladora. Toda a transcendência recém-conquistada com doses cavalares de Clarice Lispector cede pra descoberta de um erotismo que escapa dos velhos esquemas da cidadezinha de interior. E me vejo de repente combinando Miller, Nin e os mandamentos do manual *O corpo fala*, propriedade da irmã mais velha, em comentários e gestos herméticos e afetados, enquanto sopro a fumaça de um cigarro mentolado pro alto — uma cena complicada que desempenho diante de algum guri atordoado, que nunca é aquele de quem eu *gosto*, e que claramente não consegue entender se o que digo, metida naquela nuvem de fumaça perfumada, indica alguma chance de uma trepada rápida na casa dos pais dele. E a resposta é não.

Anaïs Nin morreu um ano antes do meu nascimento, mas foi a primeira mulher por quem me apaixonei — ainda que eu não colocasse as coisas nesses termos na época. Minhas paixões por mulheres fantásticas costumam se confundir com admiração e adoração projetiva enquanto a heterossexualidade compulsória faz seu trabalho como um par de antolhos. Eu quero, enfim, ser como elas. É o que acontece com J., a estrela da turma do meu irmão, a garota mais linda de toda a cidade e que não fica só nisso: a beleza esmagadora vem acompanhada de inteligência, intelectualidade, estilo e atitude. Tudo embrulhado em longos cabelos ruivos. Quando nos tornamos amigas — o grupo dela e do meu irmão se dissipou em universidades por todo o estado, e ela ficou pra trás, estudando nas redondezas —, me sinto momentaneamente invencível. Ela é mais velha que eu e leu muito mais livros e conhece diretores de cinema que eu me esforço em encontrar, criando pra mim, pelo menos diante do funcionário da videolocadora, uma aura que nos aproxima. Mas, em vez de beijar J., eu beijo caras que ela já beijou antes, e pra ela, que é uma autêntica boêmia, está sempre tudo bem. Estamos expostas ao mesmo arsenal, e nem a imagem da perfeição que é J. deixa de se meter constantemente com os caras errados. Além disso, é um tempo de recursos limitados, como são todos os tempos, antes e depois de nós, em S. e em qualquer parte.

R. é um dos que beijo. Ele é uns quatro anos mais velho e estuda medicina numa cidade a três horas de viagem. Baixinho, de rosto redondo, olhos grandes e amendoados, uma expressão suave, um sorriso irresistível e ex-namorado de J., está no topo da minha generosa lista de objetos de desejo da época. Mas ser alvo da sua atenção é um milagre que meu corpo se empenha em sabotar. Ainda tenho um dente de leite, um molar bastante visível, cuja ausência fará de mim uma guria notoriamente desdentada, ou, pior, com um pé na infância, e ele está frouxo, a um passo de se desprender alguns dias antes das férias de R. Meus dias viram um tormento. Nos cenários mais apocalípticos, o dente se solta durante um beijo ou preciso passar semanas, talvez meses, sorrindo com a boca fechada. Sou obrigada a dispensar R. e me recolho até que deixe a cidade.

Logo J. também parte, e o despertar daquela amizade não me impede de dançar conforme a música. Diante da escassez de acontecimentos, no nosso último ano de escola eu e um grupinho de seis colegas animadas planejamos uma despedida à altura: trabalharmos como recepcionistas na Festa Nacional do Milho.

Deus sabe com que boa vontade consideramos aquilo divertido o bastante. O problema do projeto é que, pra chegar ao posto de recepcionista, é preciso passar por um concurso de beleza que elegerá a rainha e as princesas da festa. As posições de rainha e princesas, além de litros de laquê, quilos de maquiagem e vestidos bufantes, envolvem uma intensa agenda de compromissos oficiais com políticos e velhos em geral, e um código de conduta que remete ao Renascimento. As recepcionistas são as sobras do concurso. Nosso foco é a boca-livre, as perambulações sem grandes cobranças ou supervisão, o cachê que virá no final de uma semana e a sensação de que fazemos alguma coisa fora do comum.

O plano é arrojado: precisamos nos esforçar pra conseguir os piores resultados. Somos preguiçosas e não muito colaborativas no curso preparatório, durante o qual devemos aprender tudo sobre as maravilhas do milho, a nos sentar com graça e a andar em linha reta com um livro sobre a cabeça. Somos bem-sucedidas demonstrando ter aprendido muito pouco na sabatina dos jurados e desfilando sem vontade no grande evento no clube local. Agora podemos circular em duplas, vestidas com um tubinho de crepe creme ladeado por espigas de milho feitas de cetim, pelos caminhos de terra e pedra brita entre pavilhões de feirantes, alvos de olhares que parecem estar diante da próxima refeição.

10.

Com dezessete, já ouvi falar mal dos homens com riqueza de detalhes e já vi a maior parte deles se comportar das piores formas possíveis. Sinto medo deles, e atração por eles, e então mais medo, e em cada estágio do ciclo intuo que alguma coisa no meu corpo me põe em perigo permanente. Há sinais por toda parte de que habito um mundo feito por eles e pra eles em primeiro lugar. Só então viemos nós, mais falantes, bandeirosas e, por isso mesmo, tão mais vulneráveis. E caímos sem oferecer resistência, competimos, nos atacamos mutuamente, retocamos, dissimulamos, humilhamos e moldamos na urgência de alcançá-los, existindo obedientes às suas regras. Em momentos cruciais, não percebemos a desvantagem, nem nos insurgimos contra ela, como se houvesse uma ordem natural por trás disso, assim como as estações se sucedem e cada elemento ocupa seu próprio espaço e função no planeta, transtornando tudo caso avance pra além de seus limites. Muitas vão adiante, reproduzindo os métodos e a violência deles. Não contra eles: contra as outras e contra si mesmas.

A violência do pai torna fácil o costume de odiá-lo. É nele que se concentra a minha revolta porque é ele que emana o medo maior, o mais próximo e concreto. Seria, inevitavelmente, dele a preferência. Todos os escrotos do mundo são expiados nessa rebelião.

Aos dezessete, a única conversa possível com a mãe sobre sexo consiste em ouvi-la repetir que a virgindade é meu bem mais precioso. Nós vivemos sempre meio falidos, minhas notas na escola oscilam entre o sofrível e o passável, nunca tive um namorado, mas, pra ela, nada disso tem nenhuma relevância contanto que eu continue a ser a fiel depositária dessa pequena caderneta de poupança entre minhas pernas.

A contragosto, ela para de me empurrar bonecas disfarçadas em luminárias e colchas cor-de-rosa, mas às vezes traz algum urso de pelúcia de São Paulo, onde vai buscar artigos modernos, que de repente se tornaram demandas concretas da clientela que antes se importava mais com a durabilidade ou o preço do que com a moda da estação. As excursões de lojistas — quase vinte e quatro horas num semileito fretado pra chegar à rua Vinte e Cinco de Março, naquela capital — lentamente substituíram as visitas trimestrais dos representantes comerciais que vinham de toda parte com amostras de mercadorias que meus pais escolhiam a dedo. Junto com a época do Natal, as chegadas dos *viajantes* eram os períodos mais animados da Loja.

Trazidos pelas mãos da mãe, presentes estranhos pra alguém perto da maioridade, os ursos destoam do que acontece na minha vida amorosa, e, no meio dos impasses e angústias que envolvem me tornar uma mulher numa cidade como S., sendo filha dos meus pais, no fundo me sinto reconfortada. De alguma forma, esses ursos parecem me devolver a um estado anterior e adiar um pouco o processo de esmagamento do que me resta de inocência. Mais tarde, quando eu eliminar os últimos traços de infantilidade do meu quarto, eles irão parar no quarto da mãe, ao lado das bonecas antigas que eu já teria doado mas que ela, a menina pobre que nunca teve bonecas de verdade, conservará sob o pretexto da vinda futura de uma neta.

A virgindade defendida com ardor pela minha mãe vira um impasse, e a fama já se espalhou. É o que descubro ao ouvir um grupo de caras se referindo a mim como A Iracema. Entre eles, está um dos gêmeos de quem eu gosto no momento e que costuma me dar atenção quando as outras possibilidades se esgotam. Percebo pelo jeito sacana como falam e riem ao dizer aquilo que o apelido me torna ridícula e um pacote complicado a ser resolvido por ele. Mas tudo o que eu sinto é um alívio por me certificar de que a história da vagabunda no muro de casa não pegou.

Reviro os olhos e vou pro meu quarto quando minha mãe vem com a conversa de bem mais precioso, porque os dezessete também são o auge da minha insurgência contra ela. Mas, perto do final do ano letivo e da partida pra Prestar o Vestibular, num sábado à tarde decido ir adiante e, só pelo prazer da provocação, anuncio que preciso ir à ginecologista porque com certeza estou muito perto de transar com alguém e seria melhor fazer isso tomando pílula. Ela grita, ameaça me bater e, se bate, é muito pouco — bate cada vez menos à medida que eu me torno mais ágil e ela mais lenta.

Eu costumava tomar o partido da mãe naturalmente, sem precisar pensar muito a respeito, mas em algum momento passei a me ressentir dela quase tanto quanto do pai. Aquela mulher era culpada não só porque permanecia, mas porque permanecia com passionalidade. Por isso, na tarde da pílula, como em tantas outras, devo ter me trancado no meu quarto pra pensar em vinganças ou em suicídio, duas possibilidades geradas pelo mesmo instinto, ou ido pra casa de uma das amigas da escola pública, e de lá provavelmente seguimos pra praça onde ficavam os skatistas. De uma hora pra outra, tínhamos virado as "gurias que andam com os skatistas", que também eram os cabeludos e os maconheiros da cidade. Tinha, enfim, uma posição.

Agora, eu e a minha nova turma nos concentramos em encontrar maneiras de ficar pelo menos um pouco fora de órbita e acumular experiências que legitimem o status de rebeldes. No meu caso, infelizmente é muito mais uma coisa conceitual do que uma experiência concreta, algo que eu leve às últimas consequências. Nenhuma campanha ou sermão antidrogas foi mais efetivo que meu medo de perder o controle e acabar clinicamente louca. Não é um temor infundado: não pode ser normal alguém pensar tanto. Minha cabeça dá voltas e mais voltas, como se precisasse dar conta de um número infinito de equações sem solução. Um surto parece ser o natural passo seguinte. Ser punida por me tornar uma adolescente drogada é o básico, eu até daria conta, mas enlouquecer significa nunca mais sair de S.

A imprevisibilidade dos adultos e a rara privacidade de que dispomos exigem que alguém assuma o papel de vigia e seja capaz de interagir com desenvoltura em caso de flagrantes. Eu me voluntario pra função enquanto as outras garotas se aprofundam de modo mais corajoso nos experimentos: comprimidos com álcool, colírio anestésico no nariz, inalações de benzina, e às vezes, se tivermos muita sorte, um frasco de lança-perfume que brota de algum lugar inesperado, como um milagre. Dependendo das companhias ou de quanto dinheiro se consegue descolar em casa sem dar na vista, não é exatamente difícil ter acesso a um pouco de cocaína ou haxixe. Na minha própria casa, há sempre uns movimentos suspeitos, mas está fora de cogitação pedir pra um dos meus irmãos mais velhos um tanto da droga que eles certamente consomem e talvez até vendam. Nosso maior temor é, claro, sermos descobertas por nossos pais, embora a maioria deles seja composta de alcoólatras não assumidos e de viciados em pó e comprimidos que se mantêm mais ou menos operacionais como provedores.

Com dezessete, também descubro a luta corporal com os caras. Muitos têm ao redor de trinta anos, e jamais ocorre a ninguém questionar o fato de que estão sempre espreitando e tentando pegar ninfetas cuja idade varia de treze a dezessete. As regras do jogo entre nós e eles consistem em nunca sabermos ao certo quais são as regras ou até qual é o jogo sobre a mesa, já que todos buscam alcançar seus objetivos com os mesmos procedimentos e argumentos, e a sinceridade é um dado que só poderá ser apurado depois.

Você está numa festa e decide que vai beijar um cara, porque gosta dele, porque ele insistiu demais, bajulou demais, porque está solitária, porque a insegurança que a conduz mansamente às piores decisões só cede diante de alguma dose de atenção masculina, porque todas as suas amigas estão fazendo o mesmo, porque parece a coisa mais certa ou errada a fazer no momento. Há uma cartografia tácita dos limites desse beijo que inclui zonas restritas — orelha, pescoço —, abraços e, nos intervalos, o desfile de mãos dadas se os envolvidos estiverem dispostos ou livres pra integrar o circuito semanal de fofocas de S. Mas, pouco a pouco, descobrimos que estamos numa operação boca a boca com um monstro marinho multiarticulado, e todos os seus tentáculos se concentram em acessar uma parte secreta do nosso corpo.

A luta envolve persistência e audácia (deles), e resistência, dúvida, desejo e medo (nossos). No que me diz respeito, nunca foi minimamente prazeroso. Toda a experiência é atravessada como um teste atordoante, sobre o qual nada será dito mais tarde. Inventaremos versões menos humilhantes pras amigas, continuaremos flertando, esperando convites, caronas e telefonemas depois de cada round porque, do contrário, seremos as chatas, as pouco divertidas, e permaneceremos solteiras. De uma forma ou de outra, eles estão no controle e nós nos submetemos mesmo quando impomos certa dificuldade. Algumas garotas acabam namorando seus oponentes, que também já se enfiaram em quase todas as gurias que passaram pelo seu caminho. Porque perderam a batalha e o Namoro pode significar uma imunidade temporária contra o selo da vagabunda. Muitas são basicamente violentadas, e não lhes é dada outra alternativa moral além de ceder tudo.

11.

Desembarco na rodoviária de Porto Alegre com dezessete anos e meio, uma mala com mais ou menos a minha idade, duzentos reais que o pai me mandou esconder nas meias, e entro num táxi com um endereço anotado num pedaço de folha de caderno já meio amolecido pelo suor das minhas mãos, sentindo um alívio que supera de longe a excitação e o medo.

Duas horas depois, olho pela primeira vez pro tráfego na avenida barulhenta da Azenha e penso que essa vista e esse ruído, toda a feiura incontornável do bairro onde moro agora, correspondem a tudo o que eu tinha esperado e imaginado por uma década — mais de metade do tempo que tenho de vida — sobre como seria a liberdade, ou pelo menos o meu próprio quinhão. Porque este ruído e esta feiura são novos e sinalizam a distância entre mim e S.

Eu e o meu bem mais precioso estamos fora da jurisdição da mãe. O pai não pode inspecionar o comprimento das minhas roupas e a cor do meu batom — o que passou a fazer quando comecei a ter permissão pra sair à noite. Ele jamais falou comigo diretamente sobre caras ou sobre sexo, nem mesmo pra proibi-los, mas a vantagem de ser a última de sete filhos é que muitas das lições que você precisa receber chegam bem antes e de modo indireto.

Eu o via chamar quem quer que se aproximasse pra buscar suas filhas mais velhas de Gigolozinho, com os dentes cerrados e uma expressão homicida, sob qualquer pretexto — uma camiseta de time de futebol, a audácia de chamá-lo apenas pelo primeiro nome e por *tu*. Pra eles, ele era O Seu R. Pra eles, ele era Senhor.

Quero acreditar que o desencaixe ficou enterrado naquele outro espaço de onde eu finalmente me afastei. Acredito nisso por algum tempo. Não dura. Continuo carregando o pai comigo e vivendo como se meu cérebro pudesse lhe enviar um tipo de código que delata todos os meus erros e hesitações.

Consigo um trabalho no cursinho preparatório pro vestibular, uma permuta que me isenta das mensalidades. Rasgo os cheques que o pai me deu pra pagar o curso e lhe envio os pedaços pelo correio. Ele gosta disso. Trabalho com dois caras mais velhos que saem com garotas mais novas — saio por um tempo com um deles —, assim como todos os professores, mesmo os casados, saem com suas alunas mal saídas da adolescência. O lugar transpira excitação sexual e é orientado por um código moral de fronteira, onde jovens entre os dezessete e os dezenove assentam durante poucos meses enquanto tomam decisões questionáveis, atordoadas pelo futuro incerto.

Leio Roberto Freire e me junto a um grupo que mistura somaterapia, anarquismo e capoeira de Angola. Vou às reuniões com um jeans cor-de-rosa e ideais libertários recém-saídos das fraldas. Sou a mascote do grupo, de quem todos cuidam como de um bebê. Entre conversas regadas a cerveja e incenso sobre Freire, Wilhelm Reich, casamento aberto, revoluções políticas, liberdade sexual e expansão sensorial, me apaixono platonicamente por um cara doze anos mais velho, de olhar penetrante, aura de intelectual, que uma noite, durante um demorado abraço fraterno, me conta que ama outro homem. Me sinto transgressora como nunca, uma jovem Anaïs Nin gastando seus poucos trocados nos sebos do centro da cidade e andando com livros difíceis debaixo do braço. Enquanto isso, o pai continua na casa que deixei pra trás, inventando reformas inúteis e mantendo o que é importante pendente até que apodreça. Não sou capaz de reconhecer que, devagar e sutilmente, ele muda. Não saberia dizer se camadas novas estão surgindo ou se antigas e escondidas emergem pra constituir outras superfícies — uma parte invisível que talvez estivesse ali desde sempre, enfim tomando uma forma reconhecível.

Embora o projeto noviciado não tenha durado mais que algumas semanas, meu primeiro endereço fora de casa é um Pensionato para Moças administrado por freiras. Elas mexem nos nossos quartos sempre que saímos pro cursinho, e homens não são permitidos, nunca além do hall de entrada, onde sempre há uma freira-vigia fazendo a ronda. Raras vezes, e sob supervisão, irmãos e pais podem subir rapidamente até o dormitório. Nesses momentos, não há pijamas fora dos quartos. Nos arrumamos e andamos pelos corredores sem necessidade. Farejamos, entre os irmãos das outras, olhos que possam nos ver.

O comportamento migratório errático é bastante comum entre as garotas do interior que vão estudar em cidades maiores, cujo apogeu é Porto Alegre. Muitas não encaram a jornada como uma conquista e sentem que perdem sempre mais do que poderiam ganhar ali. Essas passam a semana enfurnadas em salas sem janelas de cursinhos preparatórios como o que eu frequento e os fins de semana trancafiadas em seus quartos feios entre livros didáticos, provas simuladas, tupperwares com porções individuais de comida caseira que as mães mais dedicadas produziam em profusão, ou pacotes de Miojo e nuggets, bolachas recheadas e muitas lágrimas. Todo esse martírio só pra poderem voltar quatro ou cinco anos mais tarde com diplomas que nada mais são do que âncoras que as manterão nos espaços conhecidos e domesticados.

Mesmo sem jamais derramar uma única lágrima de saudade, por algum tempo continuo voltando pra casa da família nos feriados mais longos e nas férias. Instintos cruzados entorpecem minhas ambições desbravadoras. Justiça seja feita, em S. encontro algumas poucas amigas que valem a viagem, três refeições certas por dia, e, bem ou mal, volto com uma vantagem significativa: a fina camada reluzente que todos os que vão embora recebem assim que se afastam do portal da cidade. Mas a cada retorno fica mais claro que a maior parte desses elos e cumplicidades se deve mais a acidentes ou conveniências geográficas do que a afinidades eletivas. Sempre precisei me esforçar demais pra me parecer com elas.

Depois de mudar pra Porto Alegre, sou capaz de sustentar alguma autoconfiança por dois ou três dias em S., mas, até o final do feriado ou das férias, a tal camada recupera a velha opacidade. No fundo, voltar significava retornar a uma posição nos registros do que fomos e que parecem continuar ali esquentando nosso lugar enquanto vamos trocando os "tes" pelos "tis" (*leiti*, *frenti*, *diferenti*), numa impostura que nunca passa batida. Essas pessoas não se *enganam*, conhecem nossas fichas, e se ressentem o bastante pra não nos deixarem esquecer.

* * *

O fato de que o pai infartou meses antes, ficando tão perto da morte, e o de que nos vemos cada vez menos inauguraram uma nova demanda obrigatória: me sentar diante dele e lhe contar qualquer coisa sobre os estudos. Nunca tinha acontecido antes; agora ele *faz questão* de saber. Eu adio esse momento o máximo que consigo, voltando a monitorar seus ruídos, me esgueirando entre os cômodos até alcançar o portão, retornando quando ele já está recolhido, mas, cedo ou tarde, sou capturada.

A essa altura, já tínhamos nos mudado mais uma vez, mais uma vez despejados, mas agora pra uma casa própria, que ele reformou em segredo à imagem e semelhança da nossa família. Uma casa pras mulheres, outra pros homens. O pai e a mãe separados pelo quintal.

Mas dormir num quarto nos fundos não é o bastante pra que ele sustente seu ponto. A casa dos fundos não está à altura do seu despojamento. O pai logo se muda pro antigo ateliê da filha mais velha, que fica no meio do terreno. Desenhou a planta e coordenou a reforma pessoalmente, como havia feito em todas as casas em que moramos, deixando sua marca em cada uma delas, como um faraó de baixo orçamento — sempre enfurecendo os proprietários.

O cômodo com banheiro foi transformado num arremedo de quarto e sala que, na verdade, é uma cozinha com pia, geladeira, fogão, mesa, duas cadeiras, televisão e estantes de madeira. A cama de solteiro fica logo adiante, do outro lado de uma parede também de madeira, num quartinho sufocante e escuro, que só tem um basculante estreito. Um monumento em memória de um casamento que fracassa há décadas e não se conclui da forma apropriada.

Puxo uma cadeira, como ele manda, e dá-se início a mais

uma sessão. São cadeiras feias e velhas, com encostos encardidos, e assentos de palha torcida esburacados e soterrados debaixo de almofadinhas ensebadas ou pedaços de cobertor de lã de ovelha dobrados e amarrados com tiras de pano. Sento ali inventariando o quanto o lugar é sujo e triste, e de tempos em tempos faço uma careta e abano a fumaça do cigarro que ele sopra na minha direção, o que eu nunca faço com meus amigos fumantes, e embora eu mesma fume — jamais na frente dele. Mas esse gesto é a reprovação, o protesto possível, que ele *aceita* receber. E também me esforço pra parecer digna da sua confiança e investimento financeiro, por mínimos que sejam.

Os meus relatórios não duram mais que dez minutos. Porém, antes mesmo que eu possa começar, o pai sempre enrola pelo menos outros dez ou quinze. Depois que me aponta a cadeira onde devo me sentar, vai ao banheiro, põe água na chaleira, anda de um lado pro outro como se estivesse procurando uma barata que tivesse acabado de passar, depois senta, acende um cigarro, se esquecendo do outro que ainda queima apoiado no cinzeiro. Agora ele próprio vai até o televisor e gira o botão, abaixando o volume. O resto do tempo, algo em torno de uma hora, será investido por mim em pensar em desculpas que me livrem de mais uma das suas retrospectivas de glórias escolares, talento literário, futebolístico, e o famoso tino empresarial que o levou a fabricar bodoques pra vender quando tinha sete anos, histórias do passado que servem exclusivamente pra demonstrar o quanto ele poderia ter sido grande e o quanto a minha mãe o havia impedido de crescer.

É numa dessas sessões, quando já estou cursando a faculdade, que olho demoradamente pra ele e noto que está se tornando um homem velho. O corpo continua rígido, redondo, ágil, um pouco ameaçador, mas a pele visível, que já avança pelas têmporas, acumula rastos e estragos cada vez mais perceptíveis.

Vi o mesmo cenário no corpo dos meus avós e de outros que já havia conhecido velhos, e aquele parecia ser seu estado permanente, porque eu era jovem demais pra acompanhar o envelhecimento de alguém: a pele perde espessura na velhice. Talvez porque precise se despregar da carne, dobrar-se sobre si. Formam-se vincos, rachaduras, depressões. Dessas bordas, pode-se tanto olhar pra extensão da vida quanto saltar pra um fim desconhecido. Brotam manchas, veias, textos continuamente rasurados e reescritos numa língua que poucos gostariam de ler. É uma coisa que precisa evoluir devagar pra que continuemos nos reconhecendo e sendo reconhecidos. Talvez seja isso que acontece com ele, ainda que essa camada nova não se encaixe direito no resto, em lugar nenhum do passado. Ou foi o susto do coração que quis parar de bater de repente, enquanto em mim acontecia o contrário. Talvez tenha sido sua batalha com o tempo, que assim se provou regressivo.

Os retornos pra Porto Alegre não interrompem sua demanda de aproximação. "Eu? Agora é curva abaixo", passou a dizer no telefone. Os telefonemas: outra sequela tardia do infarto. Religiosamente, uma vez por semana, aos domingos. À distância, ele parece perder um pouco a disposição de falar sobre si mesmo e, do espaço que de repente se abre, surge aquela frase: "Fale de você". Sempre sou pega de surpresa — a pergunta, o interesse, a insistência, a infalibilidade dessas ocorrências.

Sua dedicação às vezes me comove, mas a maior parte do tempo resisto, nem sempre o atendo. Quando cedo, falo uns poucos minutos sobre alguém que vou inventando só pra ele, uma pessoa que é destemida, eficiente e confiante, enxertando aqui e ali algum dado real a respeito daquela que de fato estou me tornando. Ele sabe muito pouco sobre mim. Eu não ganho nada com isso, apenas quero que continuemos desse jeito. Não faz muito tempo que aquele velho foi meu pior inimigo, e um velho, afinal, pode ser só um inimigo que envelheceu.

Dele, sei de cor pelo menos três variantes: a minha, a da mãe e a que ele construiu com a dedicação de um escritor bastante produtivo. O pai nunca leu uma história pra mim, nunca me contou outra história que não fosse a sua, mesmo que disfarçada nos relatos heroicos da tríade sagrada Getúlio-Jango-Brizola, que era a imagem que ele devia enxergar quando se olhava no espelho. Jamais tinha se furtado a falar de si, e suas próprias façanhas eram de longe seu assunto preferido. Por outro lado, fui a última numa ninhada de sete enquanto ele só poderia ser único pra mim. Estivemos sempre condenados a essa assimetria.

12.

Enquanto houver vida, haverá versões.

PARTE II
A morte do pai

13.

Ele costumava repetir que "a verdade está no cofre" quando me falava sobre o passado. Que estava escrevendo suas memórias em cadernos acumulados havia décadas naquele cofre velho. Era um cofre verde-escuro de mais de um metro e meio de altura que, até o começo da minha adolescência, foi mais alto do que eu. Sendo o pai maior que o cofre, cheguei a pensar nele como um gigante. Lembro daquele objeto desde sempre, como de alguém que fizesse parte da família. Quando o pai se aproximou dos setenta anos, imaginei que o cofre estaria repleto.

Em seus melhores dias, o cofre guardou pilhas de dinheiro cuidadosamente contadas, separadas e amarradas com elástico amarelo, títulos de propriedades, uma certidão de casamento e nove certidões de nascimento, um revólver trinta e oito e um punhal de prata com cabo de marfim. Acontecia constantemente de o dinheiro perder valor e, não importava quantas pilhas houvesse ali, não bastariam pra cobrir o rombo de outra aposta empresarial perdida.

Expressões como O Governo, A Inflação e O Plano Econômico ecoavam pela casa como maldições; os garrafões de vinho e as garrafas de Natu Nobilis se esvaziavam mais rápido; os pavios ficavam ainda mais curtos; crianças e adolescentes que não tinham desempenhado direito seus papéis de se manterem úteis ou invisíveis apanhavam mais vezes. Eram as temporadas das lágrimas, dos gritos e dos hematomas.

Aconteceu mais de uma vez de o pai pensar em usar o revólver. É provável que todos tenhamos cogitado o mesmo em algum momento.

O segredo do cofre aparentemente tinha se perdido. O mostrador, onde a combinação deveria ser indicada, foi revestido por muitas camadas de fita isolante e ele passou a ser trancado à chave.

O pai acumulava chaves. Havia mais de uma dezena delas presas num chaveiro que ele carregava num bolsinho da bombacha e que tilintava com suas pisadas fortes. Outras tantas ficavam espalhadas por gavetas e penduradas em preguinhos em estantes ou atrás das portas, obedecendo a alguma lógica que sempre me escapou. Certamente eram mais chaves do que portas pra serem abertas. O que houvesse no cofre estaria seguro pela impossibilidade de se adivinhar a chave certa ou de testar todas antes que aparecesse alguém.

Depois do caminho que levou do declínio à falência da Loja, o cofre foi transportado pra uma saleta contígua ao quarto e sala onde o pai vivia. O novo escritório guardava também a vasta papelada acumulada em mais de vinte anos de comércio.

A verdade no cofre era a versão dele.

Só perto dos trinta anos fui capaz de lhe dizer mais ou menos o que passava pela minha cabeça. Na primeira vez, estávamos no apartamento da minha irmã, num conjunto habitacional na Zona Norte de Porto Alegre. Havíamos passado o dia juntos, comemos e bebemos como reis — mas não ele, que agora bebia muito pouco. Fui dormir mais cedo no quarto da minha irmã enquanto ela e o pai continuaram conversando na sala. Naquele momento, os dois tinham uma boa relação. Uma parede fina nos separava. Pude ouvir nitidamente quando ele começou a falar mal de nossa mãe. As mesmas palavras que eu conhecia tão bem, os mesmos argumentos exaustivos. A convivência pacífica durante a visita deve ter contribuído para o que aconteceria a seguir. Me levantei da cama, abri a porta e o encarei com dureza. Num tom de voz exaltado, disse, quase gritei, que já havia ouvido o suficiente ao longo de toda a minha vida, que um pai não deveria difamar uma mãe pros seus próprios filhos, e que, a partir daquela noite, ele estava proibido de fazer aquilo. Antes dessa noite, seria inconcebível pensar em proibir o pai do que quer que fosse. Pra minha surpresa, com os olhos marejados, ele respondeu apenas: "Você está certa. Isso nunca mais vai acontecer". E manteve a sua palavra.

A segunda vez foi numa das minhas então raras visitas a S., assim que o pai encerrou o discurso sobre o cofre, o livro de memórias e a verdade da qual era o guardião exclusivo. Eu já tinha ouvido a mesma história e os mesmos argumentos persecutórios tantas vezes que podia antecipar cada palavra, cada pausa, cada tragada de cigarro — o pai jamais tinha pressa pra contar — e, em vez de ver a graça disso, sentia que ele me roubava minutos preciosos de vida com a mesma viciosidade que investia em extrair nicotina do seu Plaza.

Era domingo e faltavam poucas horas pra minha viagem de volta a Porto Alegre. Ele queria tirar o máximo proveito do tempo que restava. As paredes da salinha onde conversávamos agora estavam cobertas de retratos da família. Aniversários, casamentos, formaturas, natais, fotos tiradas em estúdios. Com o rosto vermelho e quente e o coração aos pulos, eu lhe disse que não acreditava naquela conversa sobre uma verdade única, que o fato de ele ver as coisas de determinado jeito não fazia dos *outros*, necessariamente, mentirosos. Foi uma ousadia, considerando o quanto o pai me perturbava quando distribuía culpas sem assumir nenhuma, o medo que sempre tive de enfrentá-lo, e a intensidade com que ele se enfurecia se alguém insinuasse que estava faltando com a verdade. Nesse dia, pra minha surpresa, ele me encarou e riu, meio debochado mas também terno e, sobretudo, pensando agora, melancólico. Em parte, porque sou mulher e, pra ele, ainda era jovem, dois dados que me enfraqueciam aos seus olhos e agora lhe inspiravam cuidados, uma atenção conscienciosa, mas também porque reconhecia que estava velho, e isso o enfraquecia aos olhos de um mundo que estava correndo rápido demais. Um mundo que agora era mais meu do que dele. Foi a oportunidade pra que eu fosse adiante e falasse sobre as agressões — uma *verdade* que ele não mencionava jamais. Ele se mostrou surpreso, como se não soubesse do que se tratava. Pareceu sinceramente esquecido. Então apontou em direção ao novo escritório e falou numa espécie de sussurro cúmplice: "[A verdade] está lá".

14.

Ao longo do ano de 2011, eu abriria um site de notícias ou um jornal e reagiria com pesar à morte de Amy Winehouse e Cesária Évora; diante do obituário de Steve Jobs, faria comentários genéricos sobre tecnologia, fortuna e a nova etapa do capitalismo da qual ele fizera parte; sentiria alguma excitação ou alívio ao saber da morte de Osama bin Laden, Muammar Gaddafi e Kim Jong-il. Em 2011, pouco mais de sessenta mil homens entre os setenta e os setenta e quatro anos morreriam por causas naturais no Brasil; 46 107 em hospitais, 3791 no Rio Grande do Sul, quarenta e seis na cidade de S. Um deles seria o meu pai, vítima de um carcinoma de pulmão de pequenas células. As outras sessenta mil mortes não significariam nada pra mim.

Nos falamos pela última vez por telefone doze dias antes, dia 5 de junho, véspera do meu aniversário. No dia seguinte, ele faria um exame invasivo, uma biópsia no pulmão, e ligou pra me dar os parabéns antecipados, demonstrando o mesmo interesse, incondicionalidade e até doçura dos últimos anos. "Fale de você." Pra mim, isso ainda era relativamente novo e surpreendente. Não me lembro de nenhum gesto semelhante do pai nos aniversários da minha infância. Embora fosse, em geral, o financiador por trás de qualquer coisa que eu ganhava, ele nunca foi até uma loja procurar um presente de que eu poderia gostar, não faria ideia do que me agradaria, não figura em nenhuma foto cantando "Parabéns a você", nem jamais me ajudou a soprar as velinhas de um bolo. Segundo contava a mãe, ele sequer esteve presente no dia do meu nascimento. Aquilo não me parecia cruel na época da minha infância — sua performance de homem de negócios, o comerciante, costumava ser bastante convincente. Mas agora ele era um velho aposentado que mantinha uma lista com os nomes dos sete filhos e suas respectivas datas de nascimento anotadas na primeira página de uma agenda de telefones, e passou a seguir essa lista à risca depois que se recuperou do infarto.

No dia 6 de junho, fez o exame e foi internado pra permanecer em observação. Não havia telefone no quarto coletivo da enfermaria. Eu tomava um café sozinha no Parque Lage, no Rio de Janeiro, enquanto ruminava a última das muitas brigas com o homem com quem vivia, quando decidi telefonar pro hospital. A telefonista me passou o nome do médico que tinha feito o procedimento, pra quem liguei em seguida. O homem respondeu rispidamente que não me daria nenhuma informação porque não me conhecia. Tentei argumentar que era bem improvável que eu estivesse me passando pela filha de um paciente pra saber como tinha ocorrido uma biópsia de pulmão. Ele continuou irredutível e, de repente, comecei a chorar. Meu choro não o comoveu, pelo contrário. Irritado, evocou a ética médica e desligou na minha cara.

No quarto que dividia com outros dois internos, eu saberia

alguns dias depois, o pai tinha crises fortes de ansiedade e não dormia. Zanzava pelos corredores, puxava papo com quem cruzasse, se comportava como se estivesse de passagem, mais um visitante do que um paciente. Havia sido proibido de fumar e burlava a restrição sempre que conseguia escapulir até o pátio do hospital. Duas noites depois, sentiu dificuldade de respirar e o tal médico o colocou em coma induzido.

Eu poderia ter ido até ele antes disso. Sabia que o exame diria o mais provável — havia um tumor ali; também sabia que, por ser freelancer e mais inclinada a ceder aos argumentos da culpa do que meus irmãos, seria a pessoa da família mais inclinada a cuidar do desafio que haveria pela frente. Mas, em vez disso, usei todos os pretextos disponíveis pra adiar minha viagem. Cheguei a realmente me convencer de que não poderia viajar antes de alguns dias ou semanas. Não me passava pela cabeça que teria que lidar com a sua morte — o que eu via naquele horizonte era a doença, uma doença longa e feia, na cidade que eu detestava e que agora ficava a mais de mil e seiscentos quilômetros de distância.

Albert Camus escreveu em A *peste* que uma forma de conhecer uma cidade é procurar saber como se trabalha, se ama e se morre nela. Durante o tempo em que vivi em S., a fronteira que separa vida e morte era uma linha móvel que avançava lentamente em direção à segunda. Se eu quisesse trabalhar e amar, teria que dar um jeito de escapar dali. Em hipótese alguma deveria voltar.

O pai submeteu tudo ao trabalho, amou tarde — um amor expresso na sua urgência de se manter em contato, informado sobre os passos dos filhos e netos — e morreria sem saber que estava tão perto do fim.

15.

Tínhamos acabado de chegar na garagem da casa de um dos irmãos quando o telefone de outro tocou. Dos sete filhos, éramos quatro ali acordados no meio de uma madrugada muito fria do mês de junho. O frio já não encontrava nenhuma familiaridade no meu corpo, e a mala, feita às pressas e em plena negação de uma estadia longa, estava longe de conter o bastante pra me manter aquecida. Um dos meus irmãos tinha chegado uma hora antes de três viagens consecutivas, uma travessia do hemisfério Norte ao Sul: Paris, Rio de Janeiro, Porto Alegre e S. O percurso fora apressado pela certeza que o médico, que cedeu diante do telefonema de um dos meus irmãos, começou a reforçar nos dois dias anteriores: nosso pai não resistiria por muito tempo. Ou, as palavras exatas: "Talvez não passe de hoje". Aquele irmão e eu nos pusemos a negociar esse *hoje* assim que chegamos a S.

Passei a noite que antecedeu a minha viagem até lá acordada, acompanhando pela internet os movimentos das cinzas do complexo vulcânico Puyehue-Cordón Caulle, que havia entrado em atividade na cordilheira dos Andes poucos dias antes. Nuvens de cinzas e gases vinham fechando aeroportos e cancelando voos em toda a América Latina. Naquela madrugada, descobri que vulcões proporcionam derivas inesgotáveis e terapêuticas.

Gases vulcânicos são compostos de vapor de água, dióxido de carbono, dióxido de enxofre, monóxido de carbono, sulfureto de hidrogênio e cloreto de hidrogênio. O que quer que isso significasse, não parecia bom pra alguém que precisava pegar um avião em direção à zona por onde uma gigantesca coluna de gases e cinzas se deslocava naquele momento.

O algoritmo respondia às minhas investidas no teclado em busca de boas notícias com um intensivo em vulcanologia:

1. dos pelo menos mil e quinhentos vulcões que continuam ativos no mundo, nenhum fica no Brasil;

2. Mauna Loa, no Havaí, é o maior em largura, Ojos del Salado, na cordilheira dos Andes, é o mais alto;

3. Vesúvio pode ser o mais famoso, talvez o único que a maioria conhece pelo nome, mas oscila entre o sétimo e o quarto lugar em listas que oscilam entre muito e mais ou menos duvidosas de "Piores erupções vulcânicas da história da humanidade".

4. Em 1815, a erupção do monte Tambora, na Indonésia, a mais devastadora da era moderna, foi responsável por algo entre setenta e uma e duzentas e cinquenta mil mortes. A combinação de cinzas e ácido sulfúrico lançada na atmosfera com a explosão classificada como "supercolossal" formou uma espécie de escudo que impediu a penetração de raios solares na Terra e desencadeou O Ano sem Verão que atingiu o Canadá, os Estados Unidos, a Europa Setentrional e parte da Ásia. Em decorrência da atividade incomum do monte Tambora, Nova York ficou debaixo da neve no que deveria ter sido o verão de 1816.

5. No século XVI os incas, em transações com os deuses, lançavam crianças em fendas vulcânicas. Meninas criadas pra serem usadas como oferendas viviam separadas do resto da comunidade pra garantir que continuariam intocadas. "A donzela", uma das múmias mais bem preservadas do mundo, tinha em torno de quinze anos e estava entorpecida com uma mistura de chicha e coca quando a deixaram pra morrer de frio no topo do vulcão Llullaillaco, a 6739 metros de altitude.

O complexo Puyehue-Cordón Caulle esteve inativo nos últimos cinquenta anos. Mas, agora, três mil e quinhentas pessoas estavam sendo evacuadas de suas casas no sul do Chile e dezenas de cidades entre esse país e a Argentina estavam isoladas. Sites de notícias falavam do impacto econômico. A Bovespa fechava em queda pelo terceiro dia consecutivo. O cantor Ricky Martin cancelava um show em Buenos Aires. Um casal de brasileiros, Diana dos Santos, vinte e dois anos, e Vinícius Nascimentos, vinte e três, estava na cidade turística de San Carlos de Bariloche, no sul da Argentina, sem poder retornar pra casa. Um cientista chileno previa que a coluna de cinzas se deslocaria em direção à Austrália e à Nova Zelândia, daria a volta ao mundo e retornaria ao Chile. Aqueles vulcões cujos nomes eu nunca saberia pronunciar, até então completos desconhecidos pra mim, estavam elevando a temperatura do rio Nilahue a quarenta e cinco graus, o que em breve mataria uma média de quatro milhões de peixes e outros animais aquáticos. As cinzas encharcadas de ácido sulfúrico logo se acumulariam em pastos, plantações e florestas, espalhando altas concentrações de flúor que causariam mutações dentárias e ósseas em toda uma população de animais herbívoros. A mistura de gases e cinzas provocaria câncer de garganta, problemas respiratórios e infarto no gado local que se alimentasse do pasto contaminado.

De algum modo, a confirmação reiterada de que havia outros espaços onde tudo parecia iminentemente desastroso tornava a minha espera e meu caminho pro luto menos solitários. Era quase um conforto.

Mas talvez o pai não passasse de hoje, então comprei passagens de três companhias diferentes e, na manhã seguinte, fui pro Galeão disposta a tudo.

16.

As visitas à UTI aconteciam no meio da tarde. O saguão do prédio decadente lotava de familiares, e uma funcionária mal-humorada entregava aos primeiros da fila pequenas fichas plastificadas e numeradas, no máximo duas por paciente, que precisávamos devolver na entrada da sala onde ficavam os leitos. Não usávamos máscara, touca ou avental. Isso só sucedia nos filmes. A UTI coletiva tinha cerca de dez internos e, toda tarde, cada um deles era cercado por visitantes que se desdobravam pra marcar presença nos exíguos minutos que podiam estar ali. Alguns falavam alto, faziam perguntas que eram respondidas com fiapos de voz, outros se prostravam em silêncio, segurando uma mão inerte, puxando a ponta de um cobertor já esticado. Os pacientes acordados se queixavam de dores, de sede, de fome, pareciam amedrontados e ansiosos por vencerem o estigma daquele lugar. Eram testemunhas das mortes que ocorriam em tempo real a poucos passos, enquanto nós, de passagem, éramos poupados delas.

* * *

    Não só as palavras do médico, mas o painel na cabeceira do leito do pai também marcava a contagem regressiva e incontornável. Eu e meus irmãos obtínhamos do mesmo painel toda a esperança de que precisávamos, quando não havia um especialista ali pra nos contradizer, ou ainda que houvesse um. Eu costumava dar crédito aos médicos e às enfermeiras conforme a conveniência. De um lado, a pressão que caía, terminal, apesar de toda a química bombeada pra dentro do corpo dele. A impossibilidade de acordá-lo sem que ele entrasse em choque. De outro, um coração que ainda batia forte e compassado e se alterava toda vez que eu podia entrar e lhe dizer aquelas coisas que ele parecia gostar de ouvir no telefone, quando eu era capaz de me desprender um pouco do passado e me deixar envolver pelo que ele oferecia agora. Eu me preocupava com ele, com sua saúde, estava trabalhando num novo livro, estava ganhando dinheiro suficiente pra me manter. Palavras que ele escutava prontamente, reforçando minha teoria de que sua surdez sempre fora, no limite, seletiva.

    Nós, os filhos, conversávamos sobretudo a respeito daqueles sutis sinais de existência quando nos reuníamos depois das visitas. O que é só um modo de dizer, porque nunca estivemos realmente juntos. Nunca todos. Nosso passado em comum tinha nos dividido de um modo irreversível. Alguns de nós tínhamos conseguido criar pequenas ilhas de amizade, mas só as acessávamos quando isolados do resto. E agora nosso pai era um território que se impunha mais uma vez. O coração batia tantas vezes por minuto, a pressão esteve melhor à tarde, ele estava mais corado, os olhos se mexeram em algum momento sob as pálpebras, suas mãos estavam mais quentes, os pés mais frios; talvez devêssemos contratar um enfermeiro pra fazer massagens e melhorar a circulação das extremidades. Inventávamos parâmetros, medidas arbitrárias e acreditávamos nelas o quanto fosse possível e útil pra nos manter no limite da esperança de um desfecho impossível. Nunca havíamos nos ocupado tanto nem tão detalhadamente do corpo do nosso pai, a não ser pelo medo que já tivéramos dele.

Alguns dos filhos não trocaram mais que poucas palavras com ele no último ano e mais que um abraço frouxo e uns tapinhas nas costas em uma década. Agora, incomunicável e imóvel num leito de UTI, ele se tornava aquela explosão supercolossal de presença com uma força magnética da qual, mais uma vez, não tínhamos como escapar.

E éramos nós que fazíamos aquilo acontecer. Contrariando o médico titular do caso, o pai continuava ali, como um refém que não permitíamos que partisse. De repente, todos nos confrontávamos com pilhas de assuntos pendentes que dependiam da sua capacidade de acordar e nos ouvir. Queríamos sua presença. E ninguém havia nos autorizado a imaginar que ele acordaria. Metástases, talvez liberadas durante o exame invasivo, já haviam inviabilizado seus pulmões e provavelmente comprometido outros órgãos vitais. O hospital não era célere em entregar respostas.

Aquele que resistia estava reduzido a uma fração de si mesmo, cuja palidez, magreza e fragilidade não se encaixavam em nenhuma lembrança ao meu alcance. Talvez aquele outro fosse o verdadeiro pai, um homem que esteve encolhido dentro de um corpo maior, mais forte e violento. E agora o homenzinho frágil tinha enfim assumido o controle da estrutura pra, em seguida, abandoná-la por completo.

17.

Toda vez que conseguia visitar o pai no hospital, eu me aproximava do seu rosto e usava minha melhor cartada: o filho que morava na França estava chegando na cidade só pra vê-lo. Eu o chamava de paizinho nessas horas. Apostava alto. Aquela palavra havia surgido como uma espécie de ruído artificial, e aos poucos se assentou nas nossas conversas pelo telefone nos últimos quatro ou cinco anos. Mesmo quando dita com esforço e sem convicção, tinha um efeito poderoso sobre ele. Algumas vezes o fazia chorar e desligar de repente, soluçando; outras, precipitava mais um pedido de desculpas — nos últimos quatro ou cinco anos ele se desculpava periodicamente sem explicar o motivo. Os pedidos pareciam abranger mais do que ele conseguia expressar. Eram seguidos de outra crise de choro e, por fim, de um telefone que ficava mudo na minha mão. Eventualmente, a depender do meu humor, das circunstâncias da minha vida e do rumo da nossa conversa, eu chegava a dizer que o amava ao me despedir e acompanhava mais uma vez o seu dilaceramento, uma angústia brutal diante daquela palavra, "amor", que nunca havia feito parte do léxico da família, diante do desejo do pai de estar à altura dela, de mim.

Eu mesma ficava surpresa com a chegada daquele sentimento e me perguntava muitas vezes como era possível amar um homem a quem tinha temido e odiado durante boa parte da minha vida. Como era possível amar um homem que havia sido violento? Nenhuma resposta parecia satisfatória. Eu tinha perdoado aquele homem? Tinha esquecido o medo, o mal-estar, a paralisia, a humilhação que senti tantas vezes diante dele? Com certeza não. Um homem que bateu tantas vezes numa mulher e nos seus filhos carregava uma mancha, pra mim, irremovível. Eu podia pensar nas suas complexidades em termos mais amplos e menos maniqueístas, concebê-lo como uma criança que possivelmente não recebeu o tipo de amor que pacificaria seus instintos destrutivos. Podia olhar pra ele como um homem do seu tempo — lá onde as explosões violentas de um homem eram vistas como acidentes de percurso ou até como medidas necessárias pra manutenção de uma ordem cujos limites lhe cabia traçar. Também era capaz de entender que ninguém é uma superfície perfeitamente lisa. Porém, nada disso resolvia o problema. Sem dinheiro, numa velhice solitária, a dimensão do poder havia se extinguido e a precariedade em que ele passara a viver o tornava frágil e, por isso, mais próximo de mim, mas eu podia de fato entender melhor o que ele tinha feito? Dificilmente. No entanto, esse amor chegava agora em pequenas ondas intermitentes, convincente a ponto de ter que ser verbalizado.

Eu nunca deixava de me surpreender quando percebia que o que vinha acontecendo nos últimos anos, depois do infarto, às vezes era capaz de eclipsar totalmente a marca do medo. O pai se orgulhava do fato de que eu tinha me tornado uma escritora. Lia e marcava os meus livros. Comprava e guardava os jornais em que eram publicadas reportagens sobre meu trabalho, mostrava-os pra qualquer um que passasse pela sua casa, os levava no mercadinho da esquina e as exibia pros outros clientes. Ele me fazia muitas perguntas e expressava seu orgulho em termos hiperbólicos — "Um colosso!" "Um espetáculo!". Me oferecia constantemente um dinheiro que não tinha, pois sabia que eu vivia com muito pouco e *ainda precisava escrever*. Chegou até mesmo a me dar conselhos amorosos, usando seu mau exemplo, enfim admitido, como uma advertência: eu não precisava ser infeliz como ele havia sido. Ele, enfim, me via.

E houve aquele inverno, quando o pai viajou até Porto Alegre pra ver o filho que tinha ido morar no exterior, o irmão que havia coberto a pichação naquele muro em S. e que agora vivia num autoexílio profundo da influência familiar e do país natal. Ele ia se apresentar num festival de teatro. O pai já tinha dispensado as roupas de gaúcho que por muito tempo forjaram sua persona de lojista e tradicionalista, e costumava usar calça social, tênis e uma boina marrom-escura, mas foi esperá-lo no aeroporto com seu único terno. No teatro, viu fascinado seu filho dançar de camisola e salto alto, embora jamais tivesse usado a palavra "gay" pra falar sobre ele. Nos acompanhou numa festa repleta de jovens atores e diretores bêbados e eufóricos que observava com um sorriso enigmático, as duas mãos apoiadas na bengala, concordando com tudo o que lhe diziam ao pé do ouvido sem ouvir uma palavra. Era um bom velhinho, uma mascote adorável.

Em algum momento que não sou capaz de localizar, aquele filho havia se tornado o preferido improvável do pai, talvez pela capacidade de se manter radicalmente inacessível, ressurgindo de tempos em tempos em telefonemas embriagados que escancaravam sua vulnerabilidade. Pela primeira vez não me incomodou constatar uma preferência. O preferido foi a minha barganha.

Aguenta mais um pouco que ele está chegando, eu repetia à beira do leito. A Secretária continuava exemplar no seu trabalho. Consegui que alguém influente em S. fizesse uma ligação e assim o diretor do hospital foi convencido a permitir que o irmão recém-chegado e todos nós descumpríssemos o horário de visitas. Éramos muitos filhos, não cabíamos nos quinze minutos oficiais — e eu posso ser comunicativa, simpática e gentil até a náusea. São meus recursos mais convincentes. Agia como se fizesse aquilo por ele mais do que por nós ou por mim, o que era só meia-verdade.

Ele morreu assim que deixamos a UTI, no meio da madrugada, na véspera do seu aniversário de setenta e quatro anos, instantes depois da chegada e despedida do meu irmão. A precisão soou espetacular.

O pai sempre gostou de entradas e saídas de impacto, mas desde que não comprometessem a aura de humildade e modéstia que tinha inventado pra si, e na qual só ele acreditava.

Sua performance costumava ser bastante contraditória porque resultava em alguém ostensivamente humilde. Poucas vezes o vi tão excitado quanto no dia em que voltou de uma visita ao Museu da República, quando esteve no Rio de Janeiro pela segunda e última vez e foi conhecer o antigo quarto de Getúlio Vargas. Descrições minuciosas do pijama que o ex-presidente usava quando se matou e da banqueta onde se sentava, ambos tão gastos, foram incorporadas ao seu repertório como se tivesse feito um achado arqueológico que fixava os dois na mesma linhagem, provando uma ligação que ele sempre soubera existir.

Os remendos das suas roupas, a idade das suas botas, essas excentricidades que o pai gostava de ressaltar e exibir como marcas de um grande homem, primeiro me envergonhavam, depois irritavam. Até que, em algum momento, olhei praquilo tudo e achei ridículo. Foi um alívio tão grande achá-lo ridículo — o ridículo o humanizava — que continuei pensando dessa forma por alguns anos, até entender que era aquilo que fazia dele alguém tão único.

Pra voltar ao hospital e começar os preparativos pro enterro, precisávamos atravessar uma ponte que estava condenada e o rio vermelho que corre sob ela. À noite, exausta, tornava a cruzar essa ponte em pesadelos que se repetiam. Perdi a conta das vezes em que ela desmoronava enquanto eu dormia.

Nos últimos dias de vida do pai eu era como um cão que podia tanto choramingar quanto mostrar os dentes pra que me deixassem esquecida o máximo possível sob a luz fria da antessala da UTI. Ficando ali, provavelmente tentava compensar as minhas ausências constantes que, naquele momento, me pareceram desnecessárias, exageradas ou injustas. Prolonguei esse estado e me lancei na burocracia da morte: a ida ao necrotério, onde o corpo havia sido descartado com uma rapidez desconcertante, e à casa funerária do outro lado da rua. Fui especialmente ativa na escolha do caixão, na exclusão inegociável de modelos muito brilhantes, e na discussão sobre o quanto era inconveniente que os bancos da capela fossem forrados de um tecido tigrado. E, por fim, fui até a casa do pai pra buscar seu único terno, escolher algumas plantas no jardim que tinha virado o substituto físico da família, seu último grande projeto.

O absurdo se ampliava a cada pequena ação do ritual fúnebre. Mas agir, me mover, dormir pouco, chorar, tudo fazia parte do pacote de estar viva — ter sobrevivido a ele.

O projeto do jardim tinha sido erguido sobre as ruínas da Loja. Ele costumava evocar um canteiro de rosas que havia plantado na casa onde passou a morar depois do casamento. As pessoas do vilarejo onde o pai e a mãe viviam iam até lá, admiradas, só pra ver sua obra. Agora, sem as obrigações do comércio, falido e aposentado, ele voltava a se dedicar às flores, às samambaias, à horta, ao pomar. Era a primeira casa onde morava que lhe pertencia, e ele tirava o máximo proveito dela pra não definhar numa vida que não sabia como viver. Passava horas regando as plantas e podando galhos secos, revirando e adubando a terra, e não apenas contava os resultados em detalhes pelo telefone como organizou uma sessão com um fotógrafo de eventos da cidade e depois me mandou as fotos pelo correio. Ele posava em algumas delas, acocorado entre os canteiros, a expressão austera, um bigode mal aparado, um cigarro entre os dedos. Tinha passado a me chamar, quando nos falávamos, de Florzinha do Meu Jardim.

Assim como as plantas, reuni com uma das minhas irmãs, entre os restos do estoque da última falência, todas as mantas de lã que encontramos pra esconder a estamparia defendida com ardor pelo dono da funerária como algo muito moderno e chique. Acreditava que meu pai me observava em cada etapa e se sentia importante e satisfeito com a minha eficiência.

Estava certa de que ele teria mandado arrancar os bancos tigrados do seu velório ou faria isso com as próprias mãos, se pudesse. Eu tinha sobrevivido pra defender seu gosto.

18.

Na capela, na tarde seguinte, pessoas de um passado que me parecia remoto se aproximavam com suas melhores caras de velório. Diziam que eu continuava a mesma, sem imaginar o quanto aquela frase me ofendia. *O tempo não passa pra ti* parecia uma coisa terrível de dizer a alguém. Pra mim, não ter mudado era como sofrer de uma doença incurável. Eu queria que a passagem do tempo tivesse deixado marcas visíveis de todas as minhas mudanças, e aquelas pessoas pareciam negar os anos que investi em me afastar da imagem que elas conheceram.

Pra mim, ao contrário, era fácil olhar pra elas e perceber o movimento paradoxal: todas haviam se alterado, envelhecido, a camada mais externa tinha sido claramente tocada pelo tempo, mas outra, mais sutil, ou menos física, parecia congelada em algum lugar de um passado em que coabitamos.

Demorava a reconhecer certos rostos, até que, cedo ou tarde, as lembranças me sacudiam: eram de trabalhadores e clientes da Loja que conheci menina, com quem esbarrei tantas vezes nos corredores abarrotados que levavam da seção de tecidos às seções de roupas e de artigos de montaria. Eu os tinha observado de trás dos balcões e do caixa, ou entre os labirintos das mercadorias encalhadas do estoque, na sala das costureiras, e nos churrascos que o pai promovia uma vez por ano na Semana Farroupilha.

Durante essa semana, mulheres e homens que trabalhavam pra ele se vestiam a rigor, conforme a moda de um século antes. Eles esperavam ansiosos por aquele momento. Vestidos longos e armados de mangas bufantes, ornados com rendas, babados e fitas, ou de tecidos simples, com algumas poucas fitas e saias murchas; bombachas, guaiacas, botas de cano alto, camisas sociais e lenços vermelhos amarrados no pescoço. Podia ser um espetáculo estranho, mas não pra nós. A Loja, cuja fachada exibia o letreiro "Casa do Gaúcho para os Gaúchos", chegava ao ápice do seu protagonismo. O pai ficava ocupado como nos natais, aqueles eram os seus melhores dias.

Todo ano, no dia 20 de setembro, dia em que começou a Revolução Farroupilha, antes do churrasco acontecia um desfile na avenida principal de S. Desconheço outros lugares no mundo que comemorem anualmente e com tanto ardor e alegria uma batalha perdida. A Loja era representada por um caminhão enfeitado como um *galpão crioulo*, um barracão feito de tábuas e troncos, onde eram dispostos bancos e pelegos — espécie de carro alegórico que remetia ao ideal bucólico gaúcho. Os filhos eram convocados, a mãe selecionava os melhores vestidos entre os que havia desenhado e produzido. Dividíamos a carroceria com poucos escolhidos, como um casal de pessoas com nanismo que eu não via agora na capela. O caminhão do pai seria comentado nas semanas seguintes, lembrado como uma apoteose, e o churrasco sempre seria farto, porque ele era um rei que regalava seus súditos.

Também estavam na capela alguns parentes do lado paterno que eu não encontrava fazia muitos anos e cujos nomes hesitei ao pronunciar. Poucos tios, apenas os que moravam na cidade mais próxima, só um primo entre as dezenas existentes. Faziam o mínimo que precisava ser feito numa ocasião como aquela e aproveitavam pra botar a conversa em dia. Eu, de um canto calculadamente distante, tentava medir no semblante de cada um o quanto o pai fora querido e detestado. Alguns pareciam consternados quando cruzávamos o olhar, mas eu não conseguia acreditar na sua dor. A descrença era uma forma de combatê-los, assumindo dores que não sabia se o pai de fato carregava. Mas eles não me diziam respeito propriamente, eram só uns fantasmas daquela casa abandonada que o pai tinha se tornado.

 A seu próprio modo, ele era o elemento desviante da sua primeira família, o que não tinha *dado certo*, o que, de tempos em tempos, aparecia pedindo um empréstimo que demorava a quitar. Quando visitávamos meus avós em T., a cidade onde viviam, ou quando viajávamos até lá pra uma festa de aniversário ou uma das bodas de um casamento longevo, o pai se comportava como um forasteiro. Se juntava aos irmãos, que demonstravam ter mais intimidade entre si, mas se recusava a sentar com eles por mais que alguns minutos. Assim como as janelas e as portas de casa precisavam permanecer abertas, ele precisava esticar as pernas, ficar em movimento, como se mesmo ali estivesse pronto pra alguma tarefa, algo que dependia dele pra se realizar. Não se dava nem ao luxo de se acomodar numa cadeira e conversar como um sujeito comum. Ele não era, afinal, um sujeito comum.

 Esse comportamento vinha de muito tempo. Eu já tinha ouvido histórias sobre a infância do pai, coisas que eram ditas quando ele não estava por perto. Que ele foi uma criança enfurecida que comia a própria merda em ataques de raiva e batia nos irmãos. Que a mãe dele se resignava a seu estado de espírito impossível e lhe fazia todas as vontades. Que ele sempre tinha sido um excêntrico, que se isolara no próprio mundo desde cedo.

Verdadeira ou não, a imagem dessa criança *ruim* acompanhou minha própria infância, corroborando a ideia de que havia algo errado com o pai, de que ele passara uma vida inteira fora dos trilhos e deixara estragos enquanto traçava seu caminho, a seu modo, doesse a quem doesse. Essa imagem fazia sentido, se encaixava perfeitamente no homem que eu mesma via com tanta clareza. Ela também me parecia mais crível do que aquela que ele se esforçava em projetar, de uma criança esforçada, que trabalhou desde os sete anos, e que se tornaria um jovem brilhante.

E também houve o acidente. O pai tinha cerca de trinta anos, estava bêbado depois de um baile, cantarolando e discursando na carroceria de um pequeno caminhão com um grupo de amigos. A estrada de terra era tortuosa e esburacada, o motorista também havia bebido. Quando o pai caiu lá de cima, sua cabeça se chocou com uma pedra e o crânio se partiu, deixando um lado do cérebro exposto. O motorista buscou minha mãe em casa e os levou pro hospital em T. O pai foi atendido por um plantonista que não pôde fazer mais que colocar pra dentro o que tinha extravasado, fechar a cabeça e dizer que a família precisava se preparar pro pior.

Mas o pai acordou do coma duas semanas depois, enfurecido e perdido no tempo. Arrancou o tubo que passava pela sua garganta, os acessos do braço e saiu do quarto de avental, apressado pra uma reunião no banco que deveria ter ocorrido no dia seguinte ao acidente. Lutou com os enfermeiros do hospital e precisou ser contido.

Uma cicatriz profunda na testa que avançava pela têmpora direita era a lembrança permanente daquele episódio. Os surtos de violência talvez fossem outra. Mas a violência não era um assunto que discutíssemos, pro qual buscássemos respostas ou soluções. Simplesmente acontecia, sem consequências aparentes pra ele.

* * *

Não vi nenhum dos nossos antigos vizinhos na capela, o que só confirmava a suspeita: em todos aqueles anos e casas por onde passamos, a nossa família não havia sido mais do que tolerada. Fora do campo gravitacional da Loja, nenhum rastro dos dezessete anos que eu tinha vivido naquela cidade e das experiências que atravessei sem que o pai fosse informado.

Nos dias que antecederam e nos que se seguiram à morte dele, quando eu andava por S., sozinha ou com algum irmão ou irmã, ruas que um dia pareceram vastas e importantes, agora se revelavam não mais que ruazinhas encardidas e meio esburacadas que fluíam por quarteirões desfigurados pelas novidades das duas décadas anteriores. Mesmo o que era novo e pretensamente imponente parecia empoeirado e pequeno. O comércio fora tomado por lojas de R$ 1,99, fachadas discretas foram substituídas por letreiros que pareciam implorar por atenção. Casas que eu tinha enxergado como mansões, como aquela em que moramos na rua V., e prédios que eu acreditava serem especiais, modernos, assim como vizinhanças inteiras, se redimensionavam diante dos meus olhos. Na rua M. não havia mais nenhum vestígio da Loja, mas muitos com quem eu falei naqueles dias ainda se lembravam dela e da figura austera do pai, a quem sempre se referiam como O Seu R., pisando resoluto pelas calçadas vizinhas. Como aquelas pessoas no velório, a cidade também havia mudado e, ao mesmo tempo, continuava perfeitamente reconhecível.

As incursões sentimentais pelas ruas onde brinquei, pelos colégios que frequentei, a igreja em que era obrigada a ir aos domingos, pras missas, e aos sábados, pras aulas de catecismo, resultavam em ondas de desconforto raramente quebradas por alguma lembrança alegre ou apaziguadora. Claro que eu também tinha sido feliz ali, era só ter um pouco de boa vontade pra encontrar uma lembrança boa. A felicidade possível, extraída de pequenos gestos, horas e mais horas que passei livre, vivendo nos meus próprios termos.

Mas o passado era implacável: o pai quase não participava desses momentos desprovidos de dor. Eles aconteciam apesar dele, às suas costas.

Dezessete anos depois, eu já não mantinha contato com quase ninguém dali, e as imagens que via na tela do computador, nas redes sociais onde tantos tinham brotado de uma hora pra outra com acenos artificiais de amizade, em geral davam conta de um processo inevitável de degeneração que engolia mais os que continuavam em S., transformando garotos cabeludos semirrebeldes e magricelos, que um dia se comportaram como galãs irresistíveis, em carecas precoces e inchados, agora casados com aquelas mesmas garotas de anos atrás, convertidas em versões mais pesadamente maquiadas, loiras e mães.

Era fácil imaginá-los em suas grandes casas de alvenaria, deslizando por pisos de porcelanato, instalados diante de telas gigantes de TV. Eu rejeitava tudo o que nos associava e não podia ignorar que essa rejeição era uma força negativa que nos aproximava ainda mais uma vez, como os polos de dois ímãs. Tínhamos aquele cenário por onde se derramaram nossa infância e os primeiros anos da juventude. S. era um elo incontornável.

Da porta da capela, eu olhava a chuva cair com força sobre o asfalto remendado e flagelar ainda mais o reboco em frangalhos dos fundos do hospital onde, no meio daquela noite, meu pai tinha morrido, e pensava que, não importava o quanto eu falhasse, pelo menos tinha escapado daquele lugar.

Quanto ao corpo que repousava no centro da sala, um segundo corpo, esvaziado dele, que parecia uma réplica imperfeita, onde já não havia nenhum traço de brutalidade, de repente senti como se ele também me desconhecesse e me dispensasse. Se eu quisesse encontrá-lo, teria que procurar em outra parte. E ele estava lá na casa que tinha visitado de madrugada, na boina velha, nos óculos pesados que faziam sulcos profundos na base do nariz, no cinzeiro ainda cheio de guimbas, nas pontas meticulosamente amassadas das guimbas, na caixa de palitos de dente Gina — ele mantinha um no canto da boca enquanto cochilava depois do almoço —, nas plantas do jardim que ele regava no meio da noite durante crises de insônia, no tomateiro enorme que me fez fotografar por exibicionismo, na fronha puída que quase se desmanchava sobre o travesseiro, no cofre quase vazio, no cheiro de cigarro e mofo, na poeira acumulada nas estantes, no bolor nas conservas de pepinos que ele mesmo preparava, na caneca lascada em que bebia seu café, todos aqueles objetos quebrados e inúteis de que não se desfazia, nos ícones dos políticos mortos que idolatrava, na toalha encardida e salpicada de cinzas sobre a mesa da cozinha, na constelação de bilhetes que deixava pra si próprio, talvez em algum traço que estivesse gravado no meu rosto e no dos meus irmãos, certamente no rosto dos irmãos dele, bastava olhar pras dezenas de fotografias emolduradas que cobriam as paredes da sua toca — as feições polonesas que davam sentido ao sobrenome complicado, que passo a vida soletrando. Agora ele só existia aos estilhaços, naqueles outros corpos e pedaços sem vida que meu olhar ou minha lembrança animariam. Já não podiam ser dele, seriam ele, como o pijama do Getúlio continuava representando seu pretenso despojamento. Se eu quisesse, a caneca lascada ainda guardaria intacto o toque da sua boca. Se fosse mais longe, talvez essa boca respondesse às perguntas que deixei de fazer, como se sempre fosse haver outro momento mais propício. Mas pra isso eu teria que seguir voltando à casa onde os seus velhos objetos tinham começado a existir só pra si mesmos. O lugar onde passei os piores anos da minha vida, enquanto ele foi o meu inimigo.

19.

O enterro aconteceu num cemitério novo, bastante afastado do centro da cidade. O cenário era o de um terreno de obras antes das fundações. Com a abundância de espaços à espera de seus mortos, o lote pro que viria a ser o jazigo da família foi comprado sem dificuldade. A chuva havia afugentado a maior parte daqueles que foram à capela, de modo que o dia cinzento e a impressão de teatro esvaziado pareciam as coisas mais tristes ali. Os poucos que resistiram se encolhiam debaixo de guarda-chuvas, com os sapatos salpicados de lama.

Eu estava ao lado do irmão que havia rasurado a pichação no muro e agora vivia no exterior quando a terra começou a ser jogada sobre o caixão. Àquela altura, comecei a sentir que nós dois e o pai não fazíamos mais parte da cerimônia, já tínhamos perdido o interesse por ela. Enquanto a primeira camada de cimento ia sendo colocada sobre a lápide, nos afastamos dos outros, que seguiram compenetrados em assistir ao desaparecimento do caixão vazio. Observávamos quem tinha se aventurado na lama do cemitério fora de mão no momento em que balbuciei uma piada maldosa sobre o hálito do meu irmão, que estava com um dente infeccionado. Nos empenhamos em controlar um ataque de riso, sem muito sucesso. Eu podia ouvir nosso pai gargalhar.

À noite, nós, os sete filhos do Seu R., nos reunimos e bebemos. Entorpecidos e eufóricos, não disfarçávamos o alívio daquela conclusão. Rimos bêbados nos lembrando dos trejeitos dele, de perseguições que precederam surras, do vocabulário singular que ele usava pra insultar ou repreender. Ainda tínhamos burocracias e impasses pra discutir, mas isso era assunto pra depois. Naquela noite, esquecemos nossos traumas e celebramos a vida do pai, uma vida que pouco compreendíamos.

Só na manhã seguinte me lembrei do comentário de uma enfermeira atarracada, pálida, de expressão desgostosa, como se o cotidiano com a doença a tivesse marcado, que apareceu no final do velório e me abraçou com uma intensidade inconveniente. Por tentar me mandar embora da antessala da UTI algumas vezes, ela não era pra mim mais que um obstáculo obstinado e desagradável durante os dias de hospital.

"Quando não tem mais o que fazer, é melhor deixar a pessoa ir. Os médicos sabem o que fazem... e Deus também", ela disse, consternada, e se afastou.

Era evidente que disse aquilo acreditando que compartilhávamos uma informação, a qual era uma coisa óbvia mas até aquele momento não tinha me passado pela cabeça: o mesmo médico que autorizou nossa entrada depois da meia-noite, quando meu irmão chegou na cidade, depois da nossa saída também autorizou que desligassem os aparelhos que mantinham o pai vivo. Fazia sentido, mas a minha versão era melhor. O pai estava esperando pelo filho. Fazia questão. Se estivesse ao seu alcance decidir, sei que esperaria todo o tempo necessário. Não teria sido a primeira vez.

* * *

Também abracei a tese de que uma pessoa em coma pode ouvir cada palavra que lhe dizem. O médico controlava os aparelhos, e eu, a minha verdade sobre os fatos. Era uma verdade ainda em formulação. Continua sendo. Elementos que estiveram presentes em versões anteriores desapareceram, alguns porque foram esquecidos, alguns porque eu havia mudado de ideia. Outros se apresentam agora pela primeira vez. O mais importante de todos viria não apenas porque ele morreu, mas porque antes disso ele tinha tentado fazer o que desde criança eu esperava que fizesse. Ele mudou. Pediu desculpas. E eu o desculpei, mas não todos os dias.

20.

O peso da semana em torno do adiamento da morte não preencheu o vazio que ela abriria. Descobri que, quando pensava vagamente no luto como um sofrimento agudo, estava sendo pouco precisa. A verdade sobre o luto era que ele se parecia mais com uma doença crônica. A cada dia que passava, o pai morria de novo e eu não fazia nada pra impedir que tivesse que passar por isso totalmente sozinho. O meu luto se confundia com uma culpa irreversível que eu jamais poderia ter antecipado — por ter deixado de dizer tantas coisas necessárias, por ter sido tão ausente quando ele foi presente, por não ter cuidado dele no fim, por não ter fumado um cigarro escondida com ele no pátio daquele hospital. E o pai nada podia fazer pra que eu não passasse por isso totalmente sozinha.

Nos poucos dias em que continuamos em S. depois do enterro, meus irmãos e eu seguimos rememorando histórias que tínhamos vivido com o pai. Como eu, eles expressavam uma afeição que me intrigava. Nenhuma nódoa de mágoa ou de crítica agora que ele tinha nos deixado.

Pra mim, o humor cáustico, ferino, que compartilhávamos começou a parecer menos engraçado. O afeto contaminado por um traço de crueldade, de crítica depreciativa, era outro sintoma da doença que tínhamos herdado e à qual eu queria renunciar, mas era impossível. Pela primeira vez, tive clareza sobre como aquilo machucava.

E se, nos seus últimos dias, ele não estivesse me ouvindo?

Parte daquele estado consistia em ver o velho esquema perder a graça e as perguntas inúteis se multiplicarem. O resto era só um silêncio opressivo, a presença sem possibilidade de resposta do pai.

21.

A versão dele seria diferente? Raramente concordávamos. Quando acontecia, era um negócio grandioso.

22.

De volta ao Galeão, peguei um táxi rumo a Copacabana. A temperatura polar no interior do carro, o odorizador Brisa de Verão que o motorista mantinha ao lado do câmbio e o miasma que se infiltrou ali enquanto costeávamos a baía de Guanabara devem tê-lo protegido do cheiro azedo que vinha das roupas que eu não trocava fazia dois dias e das catorze horas de viagem de S. até o Rio. Ele perguntou de onde eu vinha e, como sempre acontecia, errou tentando adivinhar a origem do meu sotaque. Minha pronúncia havia se neutralizado com o tempo, até o ponto em que quase não restassem marcas de origem. Mas, por me parecer menos custoso, concordei que era paulista, disse alguma coisa banal sobre uma viagem de trabalho, uma semana cheia. O motorista logo ficou entediado e se calou. A morte do pai, o desemprego, a falta de dinheiro e o fato de que ele me levava de volta pra uma casa onde eu era suficientemente infeliz pra que aquela corrida tivesse um forte componente autodestrutivo por certo renderiam mais alguns minutos de conversa.

* * *

 Entrei mecanicamente no apartamento onde morava, sem nenhum sinal de apaziguamento. Joguei a roupa que vestia junto com o resto da bagagem dentro da máquina de lavar, escolhi o ciclo mais longo, e tudo o que veio nas horas e semanas seguintes foi borrado por um apagão.
 À medida que o homem com quem eu vivia tentava me consolar, também se abria uma espécie de trégua entre nós. A morte do pai tinha, por fim, conseguido adiar a separação que se insinuava havia tempo demais. Era bom me deitar na cama e chorar por um motivo diverso da consciência incômoda de que o que estava acontecendo era a repetição de padrões esfarrapados da minha adolescência. Sempre o mesmo inimigo, o mesmo isolamento à sombra de outra pessoa, por mais que eu constantemente me esforçasse, ou acreditasse que me esforçava, pra deixar os velhos vícios pra trás. Era difícil entender o que eu pretendia ficando ali. Talvez fosse só uma compulsão por consertar coisas quebradas. Em vez de adotar cães ou gatos abandonados, eu me cercava de relacionamentos insatisfatórios com homens emocionalmente distantes e me alimentava da esperança de que seria capaz de domesticá-los.

 Havia, desde o começo daquela relação, a expectativa, até mesmo a cobrança, de que eu engravidasse num futuro próximo — ideia que eu rejeitava com força no meu íntimo mas tentava abraçar como se abraça uma tragédia. Se me equivocava tanto nas minhas escolhas, e aquela relação era a prova cabal disso, havia a chance de que, me deixando levar pelo avesso do meu desejo, eu pudesse acabar em algum lugar surpreendentemente melhor.

Nunca fui maternal nem pensei na maternidade como um destino ou a chave que me abriria a promessa que tantas mulheres ao redor alardavam: o amor maior ou o único amor verdadeiro. Nunca me senti apta pra responsabilidade, pra dependência e pro compromisso de gerar e, em pleno luto da minha individualidade, me certificar de que não estaria estragando as coisas pra alguém. Nada disso soava muito bonito se dito em voz alta. Até o interlocutor mais progressista, ao mesmo tempo que dizia entender meu ponto e que, claro, ter filhos estava longe de ser uma tarefa fácil ou livre de contradições, parecia enevoado pela impressão de que falava com uma criatura egoísta que se recusava à partilha mais profunda.

Enquanto eu me rebelava contra a tirania biológica, era muito mais comum encontrar mulheres, também na casa dos trinta e poucos anos, que investiam no congelamento de um punhado de óvulos ou em inseminações artificiais, na busca de um parceiro à altura da empreitada ou de um doador de esperma, no limite, capaz de produzir uma descendência saudável, do que uma com o meu nível de desinteresse, distração ou até mesmo aversão pelo assunto.

Aos trinta e três, a mãe e o pai já eram os pais de seis filhos. Quando a minha gravidez finalmente aconteceu, poucos meses depois da morte do pai, veio, junto com uma onda de ansiedade, a certeza avassaladora de que eu tinha me traído em favor de um homem, de um relacionamento condenado. É um erro estranho, mas bastante comum entre casais que se arrastam por histórias em ruínas. Mesmo em acidentes, o que não era o meu caso, a promessa do amor maior se infiltra como a cola mágica capaz de juntar os cacos, domar rejeições, conciliar o irreconciliável. Não fazia sentido que logo eu, que já havia pensado exaustivamente sobre isso tudo e era uma crítica ferrenha de soluções desse tipo, tivesse um teste de farmácia positivo nas mãos.

A náusea, o cansaço, os hormônios enlouquecidos das primeiras semanas se somavam à minha resistência. Era como se cada sintoma fosse o sinal de uma luta do corpo contra o embrião, que parecia tão estranho ali quanto um vírus. Os exames, as consultas médicas, a nova dieta a seguir, as vitaminas que devia tomar, por outro lado, atuavam como recursos mobilizadores que, ao mesmo tempo que acrescentavam camadas de realidade ao que parecia então só uma vertigem, um resto de pesadelo que não acabava quando eu acordava, talvez fossem sinais de um cuidado que pavimentaria o caminho até a conformidade e talvez, com sorte, a alegria.

As batidas do novo coração ecoavam pela sala escura de exame e soavam, simultaneamente, como uma lembrança ensurdecedora de que eu havia fracassado comigo e uma convocação ao inevitável. E, diante deste último, comecei a fazer planos e a prometer a mim mesma que aquela criança teria uma infância muito diferente da minha. Eu sabia quais caminhos não deveria tomar. E à medida que a ideia da criança se tornava mais concreta, me peguei desejando que fosse uma filha.

No fim de doze semanas, na tarde em que descobri que o coração minúsculo tinha deixado de bater, não senti um alívio imediato — o alívio, estranhamente, custou um pouco a se manifestar. A filha já carregava o peso de um propósito, de uma espécie de missão reparadora que eu havia nos delegado. Ninguém deveria vir pra este mundo desse modo.

Então finalmente chegou a hora de abandonar outra casa.

23.

Nos últimos dias que passei em S., não encontrei a coragem necessária pra me aprofundar nos cadernos do pai que continuavam no cofre e, com o decorrer do tempo, me arrependia disso. Entretanto, não me parecia nada provável que ele houvesse deixado por dizer algo que considerasse importante. Era o tipo de homem que acreditava na força e na relevância das próprias palavras.

As poucas páginas que li sentada à sua mesa não continham mais que registros e enumerações do cotidiano — quantas vezes tinha comido e o quê, idas ao banheiro, telefonemas feitos e recebidos em cada dia, breves incursões até o centro da cidade —, uma repetição de pequenas ações com variações mínimas que se alastrava ali e parecia sobretudo triste. Interrompi a leitura logo depois de encontrar meu nome numa espécie de diário mais elaborado. Primeiro, mencionando uma pequena quantia em dinheiro que ele havia me mandado. Depois, no registro de uma das inúmeras vezes em que me esgueirei pra fora de casa, fugindo dele, acreditando que passava despercebida, durante alguma visita a S. Ele sabia. O que devia sentir?

Numa pasta separada, havia um conjunto de cópias das cartas que ele tinha mandado da fazenda em Mato Grosso nos anos 1970 — a última pouco mais de um ano antes do meu nascimento. A maior parte delas era endereçada à minha mãe, outras, aos meus irmãos mais velhos. Eram cartas bem escritas e dramáticas, amorosas no sentido desesperado de quem reconhece erros e promete mudanças. Eu nunca o vira se expressar daquela forma, nem sabia como aquelas cartas foram recebidas, mas sabia que a mudança concreta tinha chegado, pra maior parte daqueles destinatários, tarde demais.

O caderno que eu mesma carreguei durante a viagem pro Sul não foi usado pra nenhum registro do presente, pra nada além de tentar repisar o caminho que percorri com o pai ou fugindo da sua presença, resistindo a admitir sua influência. Mas *estava lá*, por mais incômodo que fosse: a memória, a escrita, o segredo no cofre. *Estava lá*.

Depois viria a convicção, não menos inconveniente, de que a ausência definitiva, mais do que tudo, produz uma presença excessiva, insidiosa, que não se deixa coagular. Mesmo quando me ocupava com tudo o que não fosse ele — o que fiz com uma frequência quase maníaca a maior parte da minha vida —, *estava lá*. O gigante, o senhor, o monstro, e, por fim, o pequeno jardineiro amoroso, o *paizinho*. Eu queria escrever pra continuar falando com ele ou pra enfim lhe falar. Queria contar a minha versão. Uma versão, não a única verdade. Era de repente imensa a necessidade de dar corpo a quem eu tinha sido enquanto ele ainda era meu pai e ao que a morte dele tinha me tornado. Pra, de alguma forma, tirá-lo de mim, daquele lugar incômodo em mim. E então alojá-lo em outro espaço. E me despedir.

* * *

"Se não há mais Pai, de que serve contar histórias?"
Pode ser um começo.

Agradecimentos

Ao Omar, leitor e companheiro de todas as horas. À minha irmã Tere e ao meu irmão Biño. Aos amigos, que também foram leitores críticos e generosos, Bruna Beber e Fabrício Corsaletti, e à Alice Sant'Anna, maravilhosa amiga e editora.

ESTA OBRA FOI COMPOSTA PELO ACQUA ESTÚDIO EM ELECTRA E IMPRESSA
EM OFSETE PELA GRÁFICA PAYM SOBRE PAPEL PÓLEN BOLD
DA SUZANO S.A. PARA A EDITORA SCHWARCZ EM JUNHO DE 2025.

A marca FSC® é a garantia de que a madeira utilizada na fabricação do papel deste livro provém de florestas que foram gerenciadas de maneira ambientalmente correta, socialmente justa e economicamente viável, além de outras fontes de origem controlada.